あした、裸足でこい。4

「Tomorrow, when spring comes.」

岬　鷺宮　illustration§Hiten

プロローグ　prologue

【Introduction 7.X】

――2020YX78

それが彼、坂本巡《さかもとめぐり》くんの発見した、新しい小惑星の呼び名らしい。

『まあそのー、仮符号《かりふごう》、というやつでして……』

体育館の壇上。全校集会で功績を紹介され。

坂本《さかもと》くんは、ガチガチの表情でマイクに向かっている。

『正式に、新小惑星って認められたわけじゃないんすよね。まだそれっぽいってだけで。ふへへ……』

笑顔は引きつり額には汗が浮かんでいる。

短めの髪にちょっと整って見える顔。

制服の着方は野暮ったくて、いつもクラスで見かける姿と変わらない。

『でもこのあと、国際天文学連合で軌道の精査があって。新しいのだって確認されれば、名前を付けさせてもらえるんで……そうなるといいなと』

そんな彼に、わたしはぼんやりと思い出す。

これまで何度も繰り返してきた、高校生活の日々。

際限なくループし続けた、上手《うま》くいかない毎日。

その中で……そうだ、いつもそうだった。

クラスメイトの坂本《さかもと》くんは、高校一年の三学期が来る度に『新たな小惑星』を発見。

その功績を、全校生徒の前で褒《ほ》め称《たた》えられていた。

……彼とはあまり話したことがなかったけれど。

どんな男子なのかは知らないいし、このイベント以外の記憶もないけれど。

考えてみれば……それはきっとすごいことなんだろう。

宇宙のどこかに、新しい天体を見つける。

無限に広がるその空間に、彼だけの星を見つける。

しかも、名前まで希望のものを付けられるかもしれないらしい。

その名前はもしかしたら、わたしが作った歌なんかよりも、ずっとずっとあとの世代にまで残っていくものなのかも――。

『……憧れ、だったんですよね』

ふいに、彼の声色《こわいろ》が柔らかくなった気がした。

『自分で新しい星を見つけるのが。名前を付けるのが、ずっと夢で……』

見れば――彼は。

壇上の坂本《さかもと》くんは目を細め、優しい笑みで視線を落としている。

『だから、すごくうれしいし。これからも、天体に関わって生きていければと思います……』

なぜだろう……その姿に、胸が小さく高鳴った。

心の中に、何か新しい気持ちが芽生えた気がする。

なんて名前なのかはわからない。

だけど、はっきりとそこに存在する、鮮やかで軽やかな気持ち。

『今日はこんな風に紹介していただき、ありがとうございました。一年、坂本巡《さかもとめぐり》でした……』

そう言ってぺこりと頭を下げると、坂本《さかもと》くんはステージから降りていく。

決して熱心とは言えない拍手が、生徒たちから上がった。

けれど気付けば――わたしは両手に力を込め、高らかに拍手をしていたのだった。

*

――二年後。

坂本《さかもと》くんは国内の有名な大学に入学、天文学者を目指し勉強をすることになったらしい。

あの日語った夢の実現に、一歩近づいたみたいだ。

そして、わたしは。

今回も、音楽への執着で周囲をめちゃくちゃにしてしまったわたしは、

「――また、やり直しかあ……」

卒業式当日。いつものようにやってきた、狭い空き部室。

その片隅でピアノの前に座り、鍵盤に十指を置いていた。

もう一度、高校生活をやり直すために。

たどり着いた最悪の結末を、上書きするために——。

「……これで、何度目だろ」

その回数を数えるのなんて、とっくの昔にやめてしまった。

過ごしてきた年数なんてもはや想像もつかない。

最初はただ——神様が救いの手を差し伸べてくれたのだと思った。

一度目のわたしの高校生活。

音楽活動も人間関係も破綻して終わった、あの三年間の最後。

過去に戻る方法を見つけたわたしは、これで救われると無邪気に信じた。

この力があれば、完璧に幸福な未来を手に入れられる。

望んでいた『あした』を手に入れられる。

ただ——ループを始めたわたしを待っていたのは、終わりのない消耗戦だった。

いつまでたっても全員を幸せにできない。納得いく未来にたどり着けない。

ただただ自分を削られる、際限のない繰り返し。

そして今も、あれから無限の時間が経《た》った今も。わたしはそんな螺旋《らせん》の中に閉じ込められている——。

「……」

心の限界が近いのは、はっきりと感じていた。

もう何度も、三年間を繰り返すことはできないだろう。

「……どうなるんだろ」

自然と、そんな言葉が漏れた。

やり直しを続けて精神が限界を迎えたとき、わたしはどうなるんだろう？

最悪のイメージが頭にいくつも浮かぶ。

おろかなわたしが迎えるバッドエンド。無数に分岐する、そのパターン。

怖かった。不安だし心細かった。

それでも――やるしかない。

わたし自身が生き残るため。他の誰も、不幸にしないために――。

「……ふう」

息をつき、ふと窓の外に目をやる。

目に入るのは、正門の辺りに集まっている生徒たちだ。

卒業式が終わり、証書の入った筒を手に談笑している同級生。

そして、その中に、

「――坂本《さかもと》くん……」

彼の姿を見つけた。

「坂本《さかもと》、巡《めぐり》くん……」

友達だろうか、何やら金髪の女の子と話している彼。

新しい星を見つけ、これからも宇宙に目を向け続ける男の子。

そのとき――。


――すり切れた心の中に、小さな欲求が宿った。


希望だとか期待だとか、それに似た柔らかい好奇心。

今のわたしに残った、数少ない『やってみたいこと』。

そして、気付けばわたしは、

「……彼と、友達になってみよう」


そうこぼしていた。

わたしの、新しい目標。

次の三年間で、坂本《さかもと》くんと友達になる。彼のそばで、高校生活を過ごす。

そんな未来があれば、次の三年間も、なんとか乗り切れそうな気がした。

「そうしよう。うん、決まり……」

小さくほほえみながら、鍵盤に手を置く。

そして、一度大きく深呼吸してから――強くイメージする。

彼が隣にいる、高校三年間を。一緒に見る夕焼けや、味わう物憂《ものう》さや、金木犀《きんもくせい》の匂いを。

そして、願う。

彼のそばで日々を過ごしたいと――。

指に力を込める。わたしは、わたしの曲を弾く。

景色が遠のいて、わたしはもう一度――高校三年間のスタート地点へ戻っていった。

＊

――そしてわたしは恋に落ち、彼の未来はボロボロと崩れるのでした。

第一話 chapter1

【星を見るひと】

「──はぇ～、ツアーか……」

『うん、そうなの』

いつも通りの、放課後の部室。

机の上に置いたスマホに、笑う二斗《にと》が映っていた。

『年始にかけて全国回る予定でね。リハとか準備で忙しくてさー』

好奇心旺盛そうな丸い目に、すべすべの頬。

困ったように寄せられた眉と、薄い唇。

トレードマークだったセミロングの髪は、ショートになってもう一週間が経《た》つ。

けれど未《いま》だになんだか新鮮で、その似合い方にドキドキしてしまって、

「ま、まあ、無理しすぎないようにな……」

微妙にキョドってしまいながら、俺はそう続けた。

「身体《からだ》とか壊したら、あれだし……最近めっきり、寒くなってきたし……」

『うん、気を付けるね！』

──波乱の文化祭からしばらく経《た》ち。

俺たちは再び、これまで通りの日常生活に戻っていた。

朝になれば学校へ行き、午後まで授業を受け、放課後は部室で天文同好会の活動をして帰る
毎日。

とはいえ――変わったところも沢山ある。

六曜《ろくよう》先輩と二斗《にと》は、良きライバルとして以前より仲良くなったように思う。

五十嵐《いがらし》さんと二斗《にと》の関係だって、前よりさらに安定した。

二斗《にと》自身も、文化祭をきっかけに大きく変わった気がする。

短くなった髪と明るい表情。以前かすかに漂わせていた影の気配や深刻さは遠のき、あり方自体から前向きさを感じるようになった。

そして――俺。

一番大きな変化があったのは、きっと俺だ。

文化祭をきっかけに、俺は自分がするべきことを理解した。

その結果、毎日の意味が大きく変わった実感がある。

『そうそう。だから、しばらく部室行けないかもなんだー』

画面の向こうで、二斗《にと》がそんな風に続ける。

『ツアー終わるくらいまでは、ちょっとバタバタするかも……』

「えー、それじゃつまんないなー」

同じく、俺の隣でスマホを覗《のぞ》き込《こ》んでいた五十嵐《いがらし》さんがそう言う。

「野郎二人とわたしだけじゃ、ガールズトークもできないし」

『ねー！　わたしも寂しいよー！』

スマホの向こうで、二斗《にと》は言いながらジタバタする。

『萌寧《もね》成分が不足しちゃう！　早く補充しないと！』

「あはは、わたしのこと好き過ぎでしょ」

『好きだよー！　毎日会いたいよー！』

子供みたいな声を上げている二斗《にと》と、まんざらない顔で笑っている五十嵐《いがらし》さん。

仲が良《い》いのはいいんですけど、俺のスマホ越しにいちゃつくのはどうなんですかね……。

一応俺、二斗《にと》の彼氏なんですけど……。

「そっか。で今は、スタジオか」

傍《はた》で見ていた六曜《ろくよう》先輩が、興味深げにディスプレイを覗《のぞ》き込《こ》む。

「こないだの文化祭では、二斗《にと》一人だったけど。今回は、バックバンドもつけてやるんだな」

『そうなんですよー！』

うなずくと、二斗《にと》はちょっと身体《からだ》をどけ背景を見せてくれる。

広い空間に設置された楽器やら機材やら。

一緒に演奏するらしいスタジオミュージシャンの姿も見えるし、向こうにいるのは、マネージャーであるｍｉｎａｓｅさんだろう。

『これまでの集大成を見せようって、スタッフと話してて』

胸を張り、二斗《にと》は鼻息荒く言う。

『最高のライブにするため、絶賛準備中なんです！　最終公演は東京でやるから、みんな絶対見に来てね！』

「おう、行く行く」

「楽しみにしてるよー」

六曜《ろくよう》先輩と五十嵐《いがらし》さんがうなずき――二斗《にと》の目が俺を向く。

『巡《めぐり》は……』

と、どこかうれしそうに俺の名前を呼んでから、

『今日も、星探しの準備がんばるんだよね？』

「ああ、そうだな」

ほほえみ返し、俺は二斗《にと》にうなずいた。

「まだまだ準備の準備、って段階だけどなー。それでも、うん。がんばるわ」

――星探し。

新しい、まだ誰も知らない小惑星の発見。

文化祭の日以来、俺はそれを目標に日々を過ごしていた。

具体的には、五十嵐《いがらし》さんと六曜《ろくよう》先輩に協力してもらいつつ、観測の方法を調べたり。そんな活動をしているアマチュア天文家の本を読んだり。そもそもの、小惑星の成り立ちや特性などの基礎的な勉強も怠っていない。

……一度目の高校生活が、嘘《うそ》だったみたいだな。

まさか俺が、こんな活《い》き活《い》きした毎日を送るようになるなんて。

『そっか……がんばってね』

幸せそうにほほえむと、二斗《にと》はそう言ってうなずく。

『お互い、がんばろう……』

「おう」

そんなタイミングで、スマホの向こうで声が上がる。

振り返る二斗《にと》、誰かが彼女を呼んだらしい。

『——ごめん、そろそろやるらしいから！』

こちらに向き直り、二斗《にと》は言う。

『また連絡するね！　行けるときは、部室も行くようにするから！』

「おー、それじゃまた！」

「またなー」

「ばいばい！」

言い合って、通話が切れる。

部室に静けさが戻ってきて、三人が一度ふうと息をつく。

そして、短く沈黙が流れたあと、

「……じゃあ、またやってきますかー」

俺は背筋を伸ばし、六曜《ろくよう》先輩と五十嵐《いがらし》さんに言う。

「今日も、手伝いをお願いできると助かるよ」

「おう、任せとけー」

「よっしゃ、やるかー」

うなずき合うと、俺たちはそれぞれスマホやパソコン、天文雑誌を開いて、『新たな小惑星』を探す方法の勉強を始めた――。

＊

――新たな小惑星を見つける。

――その星に、自分だけの名前を付ける。

文化祭を通じて、未来で二斗《にと》の手紙を読んで。

俺は、ようやくこの『時間軸』で自分がするべきことを理解した。

警察署で見せられた手紙で、二斗《にと》はこう言っていた。

『――巡《めぐり》は、本当はすごい人なの』

『──わたしと関わる前は、そうだった』
『──天文学でね、色々結果を出して。大学もその道に進んで』
『──わたしといると、あなたはその道をあきらめてしまう』
『──きっと、わたしがあなたを変えてしまった』
『──だから、さようなら』
『──ごめんなさい』

二斗《にと》が一人で何度も繰り返してきた、高校生活三年間のループ。
その中で、あの子は様々な場面を見てきたんだろう。
そしてきっと、俺と彼女の関係だって、今のような『恋人同士』だけじゃなかった。
ただのクラスメイトとして、終わったことだってあったんだと思う。
会話さえ、一度もしなかったのかもしれない。
そのときの俺が成し遂げたこと。
そして、二斗《にと》と出会ってしまった俺が、成し遂げられなかったこと──。
俺にとっての『一度目の高校生活』を思い出す。

ただ怠惰に過ごして、何もできずに終わった三年間。

でも本当は——やりたかったことがあるはずだ。

憧れていることが、成し遂げたかった夢があるはずだ——。

考えてみて、すぐに答えは見つかった。


——星に名前を付けたい。


俺たち天文同好会が、動画制作の際に掲げた目標と同じだ。

幼い頃、俺が胸に抱《いだ》いた小さな憧れ。自分だけの、新しい星を見つけること。

叶《かな》えるなら——その夢しかない。

二斗《にと》の隣にいるため、自分が自分であり続けるため。

彼女のそばで、俺は俺の夢を叶《かな》えなきゃいけない——。


「……ふう」

息を吐き、一人の帰り道で俺は空を見上げる。

南南西の空に浮かぶ土星と、東の空に輝く月。

月齢は12くらいだろうか。街の灯《あか》りもあって、その他の星はあまり見えない。

——星探し。

動き始めようと決めたけれど、問題は山ほどあった。

まず、何から取りかかればいいのかわからない。

細々と天文同好会の活動は続けてきたけれど、いざ新たな星を見つけようと思ったら、どうすればいいのか。具体的にどんな勉強をして、どう動いて、どんな努力をすればいいのか。

そんな風に悩む俺に力を貸してくれたのが——六曜《ろくよう》先輩と五十嵐《いがらし》さんだった。

「マジでありがてえ……」

心許《こころもと》ない星空を見ながら、俺は思わずつぶやいた。

「あの人らがいなかったら、相当心細かっただろうな……」

星を見つけたい、と俺が悩んでいるのを知り、二人は当たり前のように協力態勢になってくれた。

「——おけ、手伝うよそれ」

「——まずは、色々調べてみるか」

以来——俺たちはネットや雑誌を駆使して情報を収集。

どうやって一高校生の身で、新しい星を見つければいいのかを探り続けていた。

そして、

「……沖縄の、観測会かあ」

スマホでとあるサイトを眺めながら、そうひとりごちた。

今日五十嵐《いがらし》さんが見つけてくれた、とあるイベントの告知サイトだ。

「やっぱり、これが現実的かなあ……」

沖縄の国立天文台。

世界でも有数の観測システムを持つそこが、毎年高校生向けに『小惑星探し』の観測会を開催しているそうなのだ。実際、かつての参加者がイベント中に新小惑星を発見し、名前を付けたことでニュースになったりもしたらしい。

「実績もあるし、高校生でやるならこれがベストかなあ……」

実は、この観測会の存在は以前から知っていた。

天文学系の雑誌では何度も取り上げられていたし、天文部を題材としたアニメで題材になったりもしていた。憧れだんったんだよなあ。いつか俺も参加してー、なんて思ったりして。

だから、これが選択肢に上がるのは、半ば予想通り。

ただ、

「ちょっと、先の話過ぎるんだよなあ……」

会が実施されるのは八月上旬。

そして今現在は、十一月末。

八ヶ月も先の話になってしまうのだ。

もちろん、そこに照準を合わせて準備をしていくのはありだ。弱小天文同好会としてはそれくらい修行期間が必要なのかもしれない。

それでも……、

「せっかくモチベ高いから、今すぐ動き出したいんだけどなあ……」

なんだか、どうにももどかしい気持ちになってしまう。

早く星を見つけたい！　活動を始めたい！　って気持ちがあるのに、ゴールが先過ぎるのはどうしても歯がゆい。

「まあでも、しゃあないか」

はあと息を吐き出し、俺は肩を落とした。

「俺一人で、どうにかできるもんでもないしなあ……」

そもそも、実力不足だとも思うのだ。

沖縄のイベントに参加するには、事前に試験をクリアする必要がある。

俺たち天沼《あまぬま》高校天文同好会は、強豪校の天文部に比べて天体の知識も観測の経験も全く足りていないだろう。

それを思えば、この期間中にしっかり基礎を固めておくべきなのかも……。

「とりあえずは、地道にいきますかー」

ひとりごち、スマホのカメラを起動する。

それを夜空に向け、月の写真を一枚撮ってから二斗《にと》にラインで送信。

「無理しすぎないようになー」とメッセージを送って、俺はもう一度自宅へ向けて歩き出した。

＊

「――お疲れ様でーす。日誌でーす」

「はい、ありがとう」

数日後の昼休み。

先生や生徒で賑《にぎ》わう、職員室にて。

今日の当番である俺が日誌を渡すと、千代田《ちよだ》先生が笑顔でそれを受け取ってくれる。

「あーすいません、お弁当中でした？」

「うん、でもいいの。気にしないで」

先生のデスクに置かれた、存外大きい弁当箱。

千代田《ちよだ》先生は小柄で、六曜《ろくよう》先輩や俺はもちろん二斗《にと》より、五十嵐《いがらし》さんより背が低いくらいだ。

意外と大食いなんだな、この人……なんて思っていると、

「……夫が、いつも作ってくれるんだけど」

ちょっと恥ずかしそうな顔で、千代田《ちよだ》先生はそう言う。

「どんなに言ってもこんな大盛りになるの。だからほんと、太っちゃって……」

いやいや、別に全然太くは見えないけど……。

ボブヘアーの黒髪に猫みたいに切れ長の目。

思慮深そうな唇とすっと通った鼻筋。

年齢は多分、三十歳前後なんだと思うけど、まーこの人は美人だ。

そのうえ見た目が大分若い。

高校の頃はさぞかしモテたんだろうなーと思うし、今より若い頃は男子生徒から熱い視線を浴びただろうなと思う。

「いいですね、結婚相手とずっと仲がいいのは」

「そうね。それはラッキーだったと思う。……でもまあ、恋人に恵まれてるのは」

言うと、千代田《ちよだ》先生はにまっと笑い、

「付き合う相手が素敵な人なのは、坂本《さかもと》くんも同じでしょ？」

「……え⁉　ま、まあそうすね」

思わぬいじりに、ちょっとびっくりしてしまった。

「俺には、もったいない彼女だなって思いますけど……」

「大事にしなよー。高校時代の恋愛は、一生を左右したりするからね」

「え、やっぱそうなんすかね……」

「うん。そうだと思う」

存外真剣な顔で、千代田《ちよだ》先生は俺にうなずいてみせると、

「わたしの夫も、高校時代の部活の先輩だし」

「そうだったんすか⁉」

それ、初耳なんだけど！

マジであるんだな、先輩と結婚、みたいなやつ！

「うん。今でもときどき、間違って『先輩』って呼んじゃうし」

「へえー！」

「だから、ちょっと職務を逸脱するんだけど」

言うと、千代田《ちよだ》先生は子供みたいに笑ってみせ、

「生徒にも、良《い》い恋愛をしてもらえるといいなって思ってるよ」

「……なるほど」

千代田《ちよだ》先生は、校内でも面倒見の良《い》い先生として人気がある。

その背景には、こういう考え方があるからなのかもしれないな。

学業だけじゃなくて、プライベートも含めて充実してほしいと願っている。

そう言えば、文化祭で『失恋相談もモせ』なんて謎の放送をやっていたのも、その辺の意思が関係あるのかも……。

「……ていうか、そうだ」

と、そこで先生はふいに思い出した顔になる。

そして、閉じてあったパソコンを開くと何やら検索を始め、

「今坂本《さかもと》くん、新しい小惑星を探してるのよね？」

「ああ、そうですね」

この人、俺の担任であると同時に、天文同好会の顧問でもある。

天体観測をするときにはいつも同行してくれるし、備品の扱いや申請については、責任者として学校と交渉してくれたりもする。

だから、俺が小惑星を探していることや、もどかしい思いをしていることは知っているんだけど、

「その件で、夫から良《い》いことを教えてもらって……」

言って、先生は俺にPCのディスプレイを向ける。

「ほら、これ」

そこに表示されていたのは——素っ気ないPDFだった。

おそらく、プレスリリース用に作られた、どこか事務的であまりに簡潔なお知らせ。

そして、その冒頭には、

——環境省認定、『星空の村天文研究会』開催のお知らせ。

そんな風に、書かれていた。

「……ん？」

興味を惹《ひ》かれて、その文面に目を滑らせる。

長野県の阿智村《あちむら》、というところが、星空の美しさで観光を盛り上げるべく開催するイベントのお知らせらしい。

村にある天文台と役場が主催となって、天体観測会を立ち上げる。

対象となるのは全国の十代学生で、試験をパスした少人数が参加可能。

まずはテストとして今年の年末に第一回を開催。

その後、徐々に規模を広げながら村の知名度アップや、若者に天文学に興味を持ってもらうことを目標とする。

東京からは、一グループ二名までの学生を募る予定。

後援している企業の中には、千代田《ちよだ》先生の夫が勤めているという出版社もあって、イベントの最終目標として……参加者の高校生による……小惑星の発見を……、

「──こ、これ！」

そこまで読んで──大声を上げてしまった。

「しょ、小惑星を……年末に⁉」

「そうなの」

うれしそうに笑って、千代田《ちよだ》先生はうなずく。

「夏まで待つの、ちょっとなあって感じだったでしょ？」

「ええ、ええ」

「そのことを夫に話したら、ちょうど社内の別部署で、これに関わっている人がいたらしくて……」

「マジですか！」

「でね、今回はテストの開催なんだけど、ご覧の通り告知も地味だったから。ほとんど露出もしなかったみたいで」

ディスプレイを見て、千代田《ちよだ》先生は苦笑いする。

なるほど……確かに、このＰＤＦの簡素さだ。

ここしばらく、小惑星探しの方法を探していた俺たちに見つからなかったのも、本気で露出が足りていなかったからなのかもしれない。

「今から慌てて参加希望者を募ってる状態らしいの」

「うわ……そんな、渡りに船みたいな」

あまりにも、都合の良《い》い話だった。

こんなタイミングで、小惑星探し。しかも、向こうも参加者を求めている。

千代田《ちよだ》先生ご夫妻、マジでナイスです。感謝してもしきれねえよ……。

「もちろん、他に参加希望者が来る可能性もあるからね」

釘《くぎ》を刺すように、千代田《ちよだ》先生は真面目な顔をする。

「しかも、参加可能なのは東京から一グループ、二名だけ。絶対行けるって、約束はできないんだけど」

「ええ、もちろんかまいませんよ！」

はっきりそう言って、俺はうなずいてみせる。

「試験、参加させてもらいたいです！」

「うん、わかった」

うれしそうに言うと、千代田《ちよだ》先生はパソコンに向き直る。

「じゃあ、申請はわたしの方からしておくね。参加メンバーは……どうする？」

「ああ、一グループ二名、でしたっけ」

「だね」

そうなると……そこはちょっと、考えどころだな。

三名以上であれば、六曜《ろくよう》先輩と五十嵐《いがらし》さんを誘えばいい。

けど二人となると……どうしよ、どっち誘う？

なんか変に選別みたいなことしたくないし、それならもう一人で受けようか……。

……二斗《にと》と参加できれば、本当は一番良《い》いんだけどな。

彼女と星探しをできれば楽しいだろうけど、あいつはリハで大忙し。普段の部活にも来れないんだから、試験なんてもっと無理だろう。

「ひとまず、相談してみます」

考えがまとまらず、俺は一旦そう結論した。

「申請の期限は、まだもうちょっとありますよね？」

「うん、あと数日くらいなら大丈夫」

「じゃあ、なるはやで返事するようにしますんで」

「そっか、わかった」

それだけ話して、ＰＤＦのプリントアウトをもらい職員室を出た。

ふう、予想外の展開だったな。

こんなことになるとは思わなかったけど……でも、チャンスなのは間違いない。

もう一度プリントを見直すと、実施される試験の詳細も書かれている。

ひとまず今日、皆に相談してから早速勉強に取りかかろう。

せっかく千代田《ちよだ》先生が見つけてくれた好機なんだ、なんとかしてものにしたい。

自分の中でそう決心し直すと、俺は鼻息荒く昼時の教室へ向けて歩いた。

＊

そして——その晩。

「結局、ぼっちか……」

自室で勉強机に向かいながら。

俺は一人、自らの身の上を嘆いていた。

「まさか……六曜《ろくよう》先輩にも、五十嵐《いがらし》さんにも断られるなんて……」

そう……断られた。

放課後、千代田《ちよだ》先生にもらった提案を早速二人に話し。

どっちかに参加してもらいたいと話したところ……あっさり断られてしまったのだ。

「——え、年末に試験⁉」

「——長野で観測⁉」

俺から話を聞いた二人は、目を見開き気まずそうな顔になる。

「テストあるし。さすがにそれは、厳しいかも……」

「俺も、その時期親父《おやじ》の実家に帰るんだよな……」

……まあ、冷静に考えれば確かにそうだ。

イベントが開催されるのは、年末十二月二十六日から三十日までの四泊五日。

試験はその少し前に予定されている。

期末テスト直前や帰省のタイミングとモロ被《かぶ》りだし、これは参加しづらい。

「……あー、確かにそうっすよね！」

空元気《からげんき》で笑ってみせると、俺は二人にそう返した。

「了解っす！　ちょっとじゃあ、一人で参加する方向で考えてみます！」

「おう、すまんな……」

「付き合えなくてごめん……」

「いやいや、いいのいいの！」

威勢よくそう言って、俺たちはいつもの活動に戻った。

実際、しかたないとも思っていた。

けれど、自宅に戻り机に向かっている現在。

「……うう……」

落ち込んでいた。

家に帰ってきた俺は、普通にガン凹《べこ》みしていた。

どっちかは来てくれると思ってたんだけどな……。

言うて、六曜《ろくよう》先輩も五十嵐《いがらし》さんも親友みたいなもんで。

俺が言えば、多少無理してもついてきてくれるやろって思ってたんだけど……。

つら……。

一度目の高校生活思い出してつら……。

俺って本来は、こうやってフラれまくる側だったんだよな……。

「……とはいえ、やることはやらねえとな」

際限ないマイナス思考を振り払って、俺は机に向き直る。

「試験勉強は、ちゃんとしておかねえと……」

そう、そこはきちんと押さえておかなきゃいけない。

一人参加の上、試験まで落ちたりしたらシャレにならない。

幸い、イベント要項の紙には、きちんと試験の出題レベルが記載されている。

難度として大体「天文宇宙検定二級」ほどの問題が出題されるらしい。

ざっくり言えば、高校の地学で学ぶ程度の知識と、天文系の最新情報、暦や天文学の歴史などが試験の対象になるわけだ。

「……よし！」

気持ちを切り替え、俺はペンを手に握る。

早速本屋で買ってきた天文宇宙検定のテキストを読み込む。

内容を整理し、ノートに順番に情報をまとめ、蛍光ペンと色つきシートでちゃんと暗記できているか確認する。

　そんな風に、一通りの作業をしながら、

「……ふっふっふ……」

　気付けば俺は、そんな声を漏らしていた。

「勝てる、これなら勝てるぞ……！」

　範囲になっているのは、高校地学程度の問題。

　つまり、俺が既に前回の高校生活で学び終え、なんなら今回二周目をやっている範囲の問題が出るというわけだ。

　もちろん、一度目の高校生活は適当に過ごしてしまった。

　勉強も散々だったし実際成績も良くなかった。

　でも……地学は！　地学だけは！　まあまあ真面目に受けてたんだよな！

「惑星の視運動……ククク、余裕で脳内シミュレートできるぜ……」

　そのうえ、天文雑誌や宇宙の雑学系ＹｏｕＴｕｂｅｒの動画も見漁《みあさ》ってきたから、それ以外の知識も十分。

　これは……いけそうだぞ。

　高校生活二度目の俺であれば、間違いなく楽勝！

　この試験、並み居るライバルを押しのけて俺の勝ちだ！

「まあ、面接もあるらしいけど」

もう一度要項を見直して、俺はつぶやく。

「そっちもちゃんと準備をしとけば、なんとかなるだろ……」

そこで聞かれるのは『小惑星を見つけたい動機』だとか『これまでの活動の履歴』とかだろう。動機ははっきりしているし、活動も動画の形で履歴がしっかり残っている。

それに追加して、ここからは天体観測にもうちょっと力を入れれば、きっとこっちも問題ないはず、

「——すいません」

ふいに、ノックとともにそんな声がした。

部屋の外、廊下から聞こえるちょっとハスキーな声。

「先輩、いますか？」

「おー、どうした？」

席を立ちドアを開けると、

「……ああ、お勉強中でしたか？」

案の定、真琴《まこと》がいる。

俺の一度目の高校生活の相棒。

そして二度目の現在は、妹である瑞樹《みずき》の友達である女子中学生だ。

今日は瑞樹《みずき》とゲームするために、うちに遊びに来ていたらしい。

艶《つや》めく黒い前髪の下、切れ長の目がちょっと不安そうにこちらを向いていて、

「や、でも大丈夫だよ」

俺はそう言って、彼女に笑いかける。

「学校の勉強じゃなくて、同好会に関わるやつだから」

「へえ、天文同好会の……」

言いながら、ごく自然な様子で真琴《まこと》は部屋に入ってくる。

そして、デスクの上のテキストを眺めながら、

「……時間移動に、関係のあることですか？」

そんな風に、尋ねてきた。

「これも、二斗《にと》先輩を助けるために、やってることですか？」

「まあ、そうだな」

少し考えて、俺は彼女にうなずいてみせる。

「でも、元々自分がやりたいことでもあるから。普通に自分のためでもあるな」

「へえ……」

——時間移動。

その事実を、俺はこの時間軸で真琴《まこと》にだけ明かしていた。

どうして過去に戻ったのか、自分が何をしようとしているのか。

失敗すれば、二斗《にと》がどんな未来にたどり着いてしまうのかも、洗いざらい話してあった。

自らも高校生活をループしている二斗《にと》以外、その事実を知っているのは真琴《まこと》だけ。

だから一度目の高校生活と同じく。俺の中でこの子は『相棒』みたいなポジションに収まりつつある。年下の女の子であるにもかかわらず、頼もしさを覚え始めているのだった。

「小惑星を、見つけたくてさ」

流れで、俺は自分がしている勉強の内容を説明する。

「名前を付けるなら、彗星《すいせい》とかじゃなくて小惑星じゃないといけないんだよな。で、長野でそれを探すイベントがあるから――」

てろてろ話す俺の言葉を、真琴《まこと》はどこか無表情に聞いている。

興味があるのかないのか、よくわからない。

退屈そうにも見えるけど、そういうとき真琴《まこと》は遠慮なく話を打ち切ってどこかへ行ってしまう。それとわかりにくいだけで、実はまあまあ感心を持ってくれているのかもしれない。

「でさー、同好会の仲間誘ったんだけど、どっちにも断られてさー」

そして、気付けば愚痴っていた。

「六曜《ろくよう》先輩にも五十嵐《いがらし》さんにも断られて……いやー凹《へこ》んだわー……自分がぼっちだったの、リアルに思い出して……くぅ……」

勉強椅子に腰掛け、デスクに上半身を投げ出しながらそんな風に言うと。

いつの間にかベッドに座っていた真琴《まこと》が、何か考える顔でうなずく。

「ふむ、なるほど」

「まあでも、こうなったら一人で試験受けるしかないかなって。ほらこれ、資料なんだけど……『一グループ二名まで』ってあるし、一人でも多分大丈夫だから」

「へえ」

言って、真琴《まこと》はその紙を受け取る。

紙面を眺めて、何やらぶつぶつつぶやいている。

「長野……対象は十代学生……なるほど……」

「にしても、ラッキーだったなー。こんなタイミングで、ちょうどイベントやってくれて――」

「――先輩」

ふいに、真琴《まこと》が顔を上げこちらを向いた。

真剣な目が、真《ま》っ直《す》ぐ俺を見ている。

そして――、

「――わたしも、参加したいです」

　はっきりとした声で、そう言った。

「わたしも――一緒に試験を受けたいです」

「ああ、真琴《まこと》も試験を……ってえええええええ!?」

　大声が出た。

　思わぬ展開に大きい声が出た。

　様子が気になったらしい瑞樹《みずき》が「どうしたのー？」とドアを開けるも、真琴《まこと》に「何でもない」と返され「そっかー」と戻っていった。理解の早い妹で助かる。

「いやちょ、真琴《まこと》も、参加……？」

　瑞樹《みずき》がいなくなり、改めてそう確認すると、

「ええ、ダメですか？」

　真琴《まこと》は当たり前みたいな顔で首をかしげている。

「ダメというか、参加要項が書いてありますが、これ高校生向けのイベントじゃ……」

　言って、真琴《まこと》は紙面を指差すと、

「十代の学生、としか指定されていません。この書き方なのですから、大学生や中学生も対象になるのでは？　さすがに小学生は難しいでしょうが、主催側に確認をすることはできるでしょう？」

「それは、できるだろうけど……」

確かにそこは、真琴《まこと》の言う通りだ。

高校生だけを対象にするなら、はっきりとそう書くだろう。

そうなっていないのは、その前後の学生も参加してほしいから。

テスト開催だから、ファジーに書いて反応を見ているところもあるのかもしれない。

「でも、中学生と高校生で、混合でチームっていけるのか……」

そこも疑問だった。

この話を俺にくれたのは千代田《ちよだ》先生。天沼《あまぬま》高校の天文同好会顧問だ。

別の学校、しかも中学校に通う真琴《まこと》が、参加可能なのか……。

「そこも、問い合わせてみるしかないかもですね」

けれど、真琴《まこと》はあくまで冷静な表情のままだ。

「手間をかけちゃって申し訳ありません。ただ、要項の中に『同一の学校に通っている必要がある』みたいな記載もないですし、それも大丈夫な気がします」

「なるほど……」

確かに、それもそうだ。

現段階で確実なことは言えないけれど、なんか、いけそうな気がしてきた……。

ただ、それでも俺の中で引っかかりは消えない。

できるできない以前に、可能不可能以前に気になっていることがある。

「ていうか……どうして、そんな急に？」

なんとなく、慎重な口調で俺は真琴《まこと》に尋ねる。

「真琴《まこと》、天文とか興味なかったろ？　なのに、なんで……？」

そこが、決定的にわからなかった。

一度目の高校生活でも、俺と真琴《まこと》は天文同好会の部室に入り浸っていた。

その間、彼女が星や宇宙への興味を見せたことはほとんどなかったし、なんならそういう系の動画を見ている俺を「またオタク臭いのを……」と邪険に扱っていたまである。自分も十分オタクのくせに。

とにかく、実際マジで宇宙に関心がなかったわけで、それが急にこんなことを言いだしたわけがわからない。

「それは……」

口を開く真琴《まこと》。

「うん」

「わ、わたしが、参加したいと思ったのは……」

「おう、なんでなんだよ」

きっとこいつのことだ、こっちに見えてないだけでなんか理由があるんだろう。

するっと納得できて、そういうことかーと納得できちゃう理由が。

そんな風に、思っていたのに――、

「……べ、別にいいでしょう！　それはどうでも！」

「……⁉」


――大声だった。

唐突で、脈絡のない大声だった。

「ちょっと気が向いただけですよ！　わ、悪いですかチャレンジしたくなって！」

「え、や、悪くはねえけど……」

「じゃあもうおしまい！　このお話おしまいです！」

「な、どうしたんだよ急に。そんな叫んで……」

「叫んでません‼」

「ええ……」

「とにかく！　先輩は確認してきてくださいね！　わたしが参加して問題ないか！」

「そこまで言うなら、それでいいけど……」

……いやマジ、どういう感情？

それまで冷静で説得力があったのに、急に取り乱して……。

JCってそういうもんなの？　若者は精神が不安定とか言うしな。

シニア世代（高一）としては、そういう若者を温かい目で見守るのも大事かもしれん……。

「──ねーねー、まだお兄と話してるの？」

「ああ……もう終わった」

扉が開き、退屈そうな瑞樹《みずき》が顔を出す。

真琴《まこと》、遊んでる途中にこっちに来ていたらしい。

何しに来たんだ、なんか今日はことごとく考えてることがわかんねえな……。

「まあ、でも今日はそろそろ帰るけど」

「えー、もう帰っちゃうの？」

「うん。家、あれだし」

「大丈夫？　もしよければ、泊まってってもいいんだよ？」

「……ううん、今日は帰ることにする」

「そっか」

瑞樹《みずき》とさえ、よくわからないことを話している真琴《まこと》。

家があれってなんだ。まあもう、そっちを聞く気力も残されてないけどな……。

「じゃあ、先輩、そういうことで」

瑞樹《みずき》と部屋を出ながら、真琴《まこと》はこちらを振り返った。

「確認だけ、よろしくお願いします」

「……おう、わかった」

とはいえ……俺も確かに、真琴《まこと》が協力してくれるのはうれしくて。

ひとりぼっちは寂しかったから、彼女の言葉が心強くて。

苦笑いでうなずき、こう言ったのだった。

「ありがとな、俺のことに付き合ってくれて」

その言葉に、真琴《まこと》は小さくほほえむと部屋を出て行った。

【Introduction 8.1】

——桜吹雪の中を、一人歩いていた。
時間を遡《さかのぼ》り戻ってきた——何度目かの、高校生活初日。
入学式直前の正門前。
桃色の花びらで視界が遮られる。
風に髪がなびいて、左手で慌ててスカートを押さえた。
そんなわたしの視線は、『彼』を求めて辺りをさまよっている。
どこにいるだろう。
この景色のどこかに、きっといるはず。
——坂本巡《さかもとめぐり》くん。
このループで、近づいてみたい男の子——。
以前は綺麗《きれい》に見えていた空の色、かぐわしく思った花の香り。
親しく感じてきた友人たちや、長い時間を過ごしてきた校舎。
そういうものに対する感情が、あからさまに薄らいでいた。

何度も高校生活を繰り返す中で、どうにもならない破局を味わい続けてきた中で、わたしは明白に自分を削り続けてきた。削りすぎてしまった。

けれど……、

「坂本《さかもと》くん……」

わたしは小さく、その名をつぶやく。

彼となら何かが変わる気がしていた。

新しい星を見つけた坂本《さかもと》くん。わたしとは別の場所で、夢を追っていた彼。

坂本《さかもと》くんに会って、そのそばにいることができれば、わたしはもう一度世界に期待できる。

そんな、はっきりとした予感――。

その瞬間――、

――ドン。

胸に、鈍い衝撃が走った。

誰かに――ぶつかった。

「……わあ、ごめんなさい！」

反射的に、そんな声を上げる。

「桜すごくて、前が見えなくて……」

とっさに、明るい声を出せたと思う。

教室での『二斗千華《にとちか》』らしい、優等生っぽい響き――。

ただ――薄らいだ桜吹雪。

乱れ舞う薄桃色のその向こうに――、

――彼が、立っていた。


雑な印象の黒髪とちょっと整って見える顔。

生真面目そうにも、その真逆にも見える不思議な表情。

驚いたように見開かれた、優しそうな目――。

――坂本《さかもと》くんが。

探し求めていた坂本巡《さかもとめぐり》くんが、そこにいる。

胸に湧き出すものがある。

うれしさ、楽しさ、こんな風に偶然巡り会えたことに対する驚き。

そしてそれ以上に――鮮やかな感情。

まだ名前のわからない、それでも止めどなく溢《あふ》れる気持ち。

だから、

「どうも。わたし、二斗千華《にとちか》っていいます」

そのすべてを込めて、わたしは彼にそう言う。

「君も、一年生だよね？」

目を丸くして、こちらをじっと見ている彼。

驚いた猫みたいな、かわいらしい表情。

けれど、短い間を空けて我に返ったのか、

「一年、だよ。坂本巡《さかもとめぐり》って、いいます……」

おずおずと、どこか恥ずかしそうな声でそう答えてくれた。

「巡《めぐり》くん。坂本巡《さかもとめぐり》くん。へえ、素敵な名前だね」

きっと、何度もこの名前を呼ぼうと思う。

この三年間で、わたしは彼のそばにいる。

特別な仲になれるんじゃないかって、予感もある。

だから繰り返し、この名前を呼ぼう。

時間が巡るように、季節が巡るように——。

「——千華《ちか》ー！」

——向こうから、わたしを呼ぶ声が聞こえた。

萌寧《もね》だ。

彼を探して歩き出したわたしを、どこかで呼んでいるらしい。

「はーい！」と返事をして、わたしは彼に向き直る。

「ごめん、わたし行かなきゃ」

「うん、そっか……」

未《いま》だにどこか、呆《ほう》けたような顔をしている彼。

その表情に、もう一度気持ちがこみ上げて。この三年間に、期待さえ覚えてしまって、

「楽しみだね、高校生活」

わたしはありったけの気持ちを込めて、彼に言った——。

「三年間よろしくね、巡《めぐり》くん——」

第二話 chapter2

【マジ勉NOW！】

「――正直、全問正解を目指すしかないと思う」

放課後、天文同好会の部室にて。

目の前の席に腰掛ける真琴《まこと》に、俺はそう説明した。

「千代田《ちよだ》先生に確認したら、参加希望の高校が他にもちらほら出始めてるって。しかも、結構気合い入れてるとこもあるらしい」

「なるほど、そうですか……」

手にしたペンをぎゅっと握り、真琴《まこと》は真面目な顔でうなずく。

「ちなみに、出される試験は高校の地学くらいまでのレベルだ。真面目にやってる天文部だったら、多分問題なくクリアできると思う。つまり……俺たちも全問正解できて当然、くらいの気持ちでいるしかない」

「えー、真琴《まこと》ちゃん中学生なのに？」

「そりゃまたきついな……」

その場にいた五十嵐《いがらし》さん、六曜《ろくよう》先輩も、気の毒そうにそう言った。

「地学なんて、文系のわたしは全然わかんないんだけど」

「学校によっては、授業で触れないところもあるらしいしな」

確かに、そこは二人の言う通りだ。

地学という科目は、高校生であっても馴染《なじ》みのない人がそこそこいるだろう。

しかも、真琴《まこと》は現在中学三年生で、高校受験を控えている身だ。

成績優秀で、既に志望校、天沼《あまぬま》高校の合格ラインは大きく越えているらしいのだけど、それにしたって負担が大きいのは間違いない。

それでも、

「いえ、自分で望んだことなので……」

真琴《まこと》は緊張気味の顔で、こわばった表情で気丈なことを言う。

「こうして招いていただいてるわけですし、がんばりたいなと……」

――千代田《ちよだ》先生への相談の結果。

『星空の村天文研究会』主催側も、中学生と高校生のコンビの参加を了承してくれた。

……断られなくて、本当によかった。

やっぱ一人での参加、寂しかったんだよな。

真琴《まこと》に立候補してもらえてうれしかったし、楽しみにもなっていた。

さらに、天沼《あまぬま》高校側にも真琴《まこと》の来校、天文同好会部室の使用を認めてもらうことができた。

これで、放課後部室に集まって一緒に試験の勉強。さらには天体観測やら動画制作やら、様々な活動をともにできることになった、ってわけだ。

六曜《ろくよう》先輩も五十嵐《いがらし》さんも、そんな真琴《まこと》を歓迎モード。温かい目で俺たちを見てくれている。

ただ……気になることも、あるにはあって、

「へー、じゃあ妹の瑞樹《みずき》ちゃんとは、小学校のときから友達なんだ」

「そうですね」

「坂本《さかもと》とも、前から知り合いなの？」

「いえ、家に遊びに行くようになったのは、ここ二年くらいです」

「そっかー、二年前から……」

二斗《にと》。

問題は、リハの合間に久しぶりに部室に来た、二斗《にと》である。

「とはいえ……この中では一番付き合いが長いかもですね」

「そう。まあ、長ければいいってものでもないと思うけどねー」

「短いよりはいいと思いますけど」

「そう……」

「ええ……」

……ギスってない？

なんか……二斗《にと》と真琴《まこと》の会話、ギスってる雰囲気ない？

や、気のせいかもしれんけど。

会話は表面上普通のやりとりだし、声を荒げてるとかもないんですけど。

でも、なんとなく……空気がピリッとしてるような。

二斗《にと》もいつもの笑顔が、なんか硬いような……。

やめてくださいよ……せっかく真琴《まこと》、勇気を出してここまで来たんですから。

できれば仲良くしてほしいいし、最低限歓迎姿勢は取ってあげてほしいです……。

「ふむ……『ドレークの式』……『フェルミパラドックス』……なるほど……」

そんな心配をする間にも、真琴《まこと》は熱心に天文宇宙検定のテキストを読み込み続ける。

その視線は真剣で、こいつ、こんな顔できたんだなと意外な気分になる。

一回目の高校生活では、だらっとゲームしたり動画見てるところしか見たことなかったから
な。勉強するところを見るの自体、初めてかもしれん。

そんな風にして、地球外の文明に関する項目を一つ勉強し終えたところで、小さくテストを
することになった。

天文宇宙検定の問題集、該当の部分を解いていく真琴《まこと》。

解答がすべて終わったところで、俺が答えを見ながら採点すると、

「……え、すご」

思わず、そんな声が出た。

「もう、ノーミスなんですけど……」

満点だった。

今自分で勉強してすぐの、なかなかに難しい問題ばかりだったのに……真琴《まこと》は当たり前のよ

うに、満点を取っていた。

「真琴《まこと》……実はめちゃくちゃ頭良かったの？」

「頭良《い》いかは、わからないですけど」

恐る恐る尋ねる俺に、真琴《まこと》はこともなげにそう言った。

「中学では、定期テスト大体毎回学年一位ですね」

「えマジ⁉」

「マジですよ」

そう、だったんか……。

一度目の高校生活では、成績良《い》いイメージなかったけど。

むしろ、俺と同じで落ちこぼれなんじゃないかと思ってたんだけど……違ったんだ。

なんか……ショックなんだが。

仲間だと思ってたやつが遥《はる》かに上の存在だったとか、凹《へこ》むんだけど……。

「……とはいえ、心強いのも確かだな」

素直に、そうも思うのだった。

「ぶっちゃけ、大分厳しい気がしてたけど……これなら、マジでいけるかもしれん」

中学生に、高校地学は荷が重い気がしていた。

範囲はそこそこあるし、試験までは一ヶ月しかない。

実質無理ゲーでは？　と思っていたし、最悪最終的には俺一人で受ける可能性もあるかもな、なんて覚悟もしていた。

けど、ここまで善戦してくれるなら。

思いもよらぬ優秀ぶりを見せてもらえるなら、マジで心強いかも。

「よし！　座学は問題なさそうだな」

初日の勉強を終え。

下校のチャイムが鳴るのを聞きながら、俺は真琴《まこと》に言う。

「進行度合い的にも、このまま進めば試験までに全範囲できると思う。まだ油断はできないけど、とりあえずひと安心って感じだ」

「ですね、よかったです」

筆記用具を片付けながら、真琴《まこと》はほうと息をついた。

「実はわたしも、ちょっと心配ではあったので」

「で、この勉強は今後も継続するとして。並行してやっていきたいのが……」

言うと、俺は部室内。片隅に置かれている望遠鏡を指差し、

「実践だな」

「天体観測、ですか？」

「ああ。真琴《まこと》にも、次の観測に参加してもらいたい！　それから……」

と、俺は手元のノートパソコンを掲げ、

「普段からやってる動画作成も、参加してもらえたらと思うんだ――」

＊

「――で、そう。このファインダーを調整して……」

「ここのつまみですか？」

「そう。それで微調整できるから、十字の真ん中に見たいものを入れて……」

真琴《まこと》が参戦し。本格的に試験準備が始まった、その数日後。

日もすっかり暮れた天沼《あまぬま》高校屋上に、みんなで集まっていた。

俺、真琴《まこと》、六曜《ろくよう》先輩と五十嵐《いがらし》さん。

二斗《にと》は不参加だけど、千代田《ちよだ》先生も顧問として同席してくれている。

「今日の月は……月齢で言うと14くらいかな」

東の空の、満月に近いそれを見上げ、俺は真琴《まこと》に言う。

「今回は初心者らしく、月をまずは見てみるか。それでも結構、ぐっと来るものがあると思うから」

「なるほど……」

「近くに木星とすばるもあるから、あとでそっちも見てもいいかも。で、明日からそれを動画にまとめていく感じで……」

——天体観測と、動画作成。

天沼《あまぬま》高校天文同好会の、メインの活動がそれだ。

どちらも月に数回、安定したペースでここまで四人でやってきた。

最初はみんな恐る恐る、右も左もわからない状態で始めたけれど、最近はずいぶん慣れてきて。六曜《ろくよう》さんも五十嵐《いがらし》さんも二斗《にと》も、一人で望遠鏡の組み立てから動画のアップをできるまでになっている。

そこまでを求めるつもりはないけれど、真琴《まこと》にも実際に星を見て、その感動を体験してもらいたい。

「面接もあるんですもんね」

納得のいった様子で、真琴《まこと》はうなずいた。

「確かに、こういう経験もしてないと説得力出ないですよね」

時刻は十九時過ぎ。

日はすっかり落ちているし、街の灯《あか》りもここには届きづらい。

雲がわずかに出ているけれど、星を見る大きな妨げにはならないだろう。

寒さだけちょっと厳しいから、みんな思い思いの防寒対策をしてこの場に臨んでいる。

俺たちから少し離れたところでは、同じく望遠鏡（最近追加で購入した）を調整しながら、六曜《ろくよう》先輩と五十嵐《いがらし》さん、千代田《ちよだ》先生が楽しげに新機材の話をしている。

「赤道儀《せきどうぎ》とか、ちょっと試してみたいよな」

「わたし、自動導入できるの憧れなんですよねー。部費でどうにかならないですか？」

「さすがにそこまでのは無理！」

彼らも、最初はそこまで天体観測に興味があったわけじゃないだろう。

あくまで、ここが天文部だから。俺がそうしたいから、付き合ってくれただけ。

けれど、今では……楽しんでくれている。

彼らは彼らのやり方で、星を見たいと願ってくれている。

だから、真琴《まこと》にも。

一緒に試験を受けるこの子も、まずはその魅力を肌で感じてもらえるといいなと思う。

「はあ……なかなか難しいんですね」

目の前の真琴《まこと》は、けれどファインダーの調整をしながらつぶやいた。

「わたし、なんかもっとこう……屋上持ってって、覗《のぞ》いたらすぐに星がバーン！　みたいな感じかと思ってました」

若干、テンションが下がっているようにも見えるのだった。

もちろん、モチベーションは低くないと思う。

口ではそう言いながらも、積極的に望遠鏡を調整して月をファインダーに入れようとしている。ただ、厳しい寒さや慣れない作業もあってか、どうしてもやや気分が盛り下がっている様子……。

……うーん、ちょっとまずいかも。

こうなると真琴《まこと》、今日の観測は楽しめないかも……。

一緒にダラダラ時間を過ごしたこともあって、こいつの性格はよくわかっている。

サバサバしてそうに見えるし意志も強いけど、実は一回気分を害すると引きずるタイプだ。

そのせいでFPSをやっていても、成績がどうにも安定せず。

バランスを崩して持ち直せない、ということがよくあるみたいだった。

……せっかくなら、楽しんでほしかったんだけどな。

初めての天体観測で、星や宇宙の魅力を知ってもらえればよかったんだけど……。

「ま、まあ……慣れればその辺は、楽にできるようになるから！」

気休めにもならないことを、俺は慌てて言う。

「最初は誰だって、大変だって！　……ていうかどう？　調整できた？」

「はい、これでどうでしょう？」

「どれどれ……おう、いいね」

ファインダーを覗《のぞ》き込《こ》み、月が真ん中に来ていることを確認する。

「良《い》いと思うよ。倍率も……これくらいでいいな」

調整を始めてそこそこ時間も経《た》った。

真琴《まこと》の目も、暗がりに慣れてきたことだろう。

状況としては、ベストコンディションと言ってもいい。

けどまあ、今回は期待しすぎないようにしよう。

レンズを覗《のぞ》き込《こ》む真琴《まこと》を眺めながら、俺はふうと息を吐き出す。

こうなった真琴《まこと》が、何かを褒めたり感動したりするところはちょっと想像できない。

「大したことないですね」って悪態をついたりこそしないだろうけど、本人の中で「こんなもんか」くらいに終わるのが関の山だろう。

ただ、焦《あせ》る必要はないんだ。

そもそも試験の突破に『本気で星が好き』であることは必須じゃない。最低限の経験と知識だけ身につけてもらって、それでなんとかすることを考えてもいいかも……。

「……真琴《まこと》？」

そこまで考えて——様子がおかしいのに気付いた。

「どうした？　なんかあったのか？」

レンズを覗《のぞ》き込《こ》んでいる真琴《まこと》。

そろそろ、その姿勢になって一分以上が経《た》つ。

なのに、微動だにしない。

時間停止の魔術でもかけられたみたいに、一ミリたりとも動かない。

「おい、どうしたんだよ……」

心配になって、その背中に手をかける。

「見えにくいとかなら、設定色々変えたりして――」

――振り向いた。

真琴《まこと》が、こちらを振り返った。

そして、

「これって……」

酷《ひど》く真面目な顔で、そう尋ねてくる。

「望遠鏡越しに見えてるのは、本当の月なんですよね？」

「……え、そりゃそうだけど？」

「動画とか写真じゃなく、今向こうにある、リアルタイムの月なんですよね？」

「あ、ああ……まあ、大体そうだな」

うなずいて、俺はちょっと思い出し、

「確か、光が届くのにちょっと時間がかかるから、一・三秒くらいは遅れてるけど。でも、リアルの月だよ」

そう答えると、真琴《まこと》は胸の前で手を合わせる。

そして――、

「……わあ……」

――その瞳に銀河みたいな光を瞬《また》かせ。

いつもは硬い表情をとろけさせ、柔らかい声でそう言った。

「すごい……」

彼女はもう一度、望遠鏡のレンズを覗《のぞ》き込《こ》み、

「これが、今向こうにある月……」

――響いた。

はっきりと、そう実感した。

その声、表情、かすかに潤んだ瞳……。

真琴《まこと》に――望遠鏡越しの風景が響いた。

「すごい、こんなにはっきり……」

……俺も、かつてそんな気持ちを味わったことがある。

家族の前で、荻窪《おぎくぼ》の夜空の星を見上げた日。

真琴《まこと》も今、きっとあのときの俺と同じ気持ちを味わっている――。

「……倍率、変えることもできるぞ」

うれしさを必死に抑えながら、あくまで冷静風に俺は言う。

「もう少し大きくして、クレーターとか見ることもできるよ」

「やりたいです！」

元気よく真琴《まこと》がそう言い、俺は望遠鏡を調整してやる。

そして、再びレンズを覗《のぞ》き込《こ》んだ真琴《まこと》は、

「……おお」

深いため息とともに、そうこぼした。

「表面が……こんなにはっきり。こんな星が、向こうにあるんだ……」

――その感動は、手に取るように理解できる。

動画や図鑑や授業で、何度も習ってきた宇宙のこと。

沢山の惑星や恒星や衛星や、流れてきた長い年月——。

けれど、それはどこか絵空事のようだった。

自分の過ごす日常とは全く別の世界の話で、俺自身とは全く関係ないんだと。

それでも——天体観測は教えてくれる。

宇宙が、俺たちの頭上に広がっていることを。

俺たちが、そんな宇宙に生まれた小さな一つの存在であることを。

その感動は、ときに人生すら変えてしまうことだって、あるんじゃないだろうか——。

「……はあ……」

レンズから目を離し、真琴《まこと》が深く息を吐く。

そして、力の抜けた様子でぺたりと座り込むと、

「……気持ちがわかったなんて、言うことはできないですけど」

視線を落としたままで、そうつぶやく。

「まだ、一回月を観察しただけで、偉そうなことは言えないですけど」

彼女は顔を上げ、こちらを見た。

小さくほほえむその表情。

かつて一度目の高校生活で、何度か俺に向けてくれた笑み——。

「先輩が、星を見つけたいって気持ち、ちょっとだけ想像できました」

「……そっか」

　こみ上げるうれしさに胸いっぱいになりながら、俺は彼女にうなずいた。

「ならよかったよ。ありがとう」

「どういたしまして」

　言いながら、揃《そろ》って二人で月を見上げる。

　ふいに……こんな景色が。

　何気ないようで大切でこんな風景が、十年後二十年後の自分にとって、大切な思い出になるんだろうななんて、そんなことを実感した。

＊

　──翌日から。

　早速、その晩の天体観測で撮った映像を動画にまとめ始めた。

　いつも通りの作業だし、俺もそれを真琴《まこと》にじっくりと教え込むつもりだった。

　けれど──予想外のことが起きる。

「──目標を、改めて視聴者に提示してはどうでしょう？」

「――星を見つけるのとは別に、『星空の村天文研究会』への参加を掲げては？」

「――動画の編集も、もう少し凝ってもいいかもですね」

「――ほら、このチャンネルなんか参考になって」

――真琴《まこと》が、才能を発揮し始めた。

唐突に、彼女は俺たちにいくつものディレクションを提案。

それがどれも良《い》いアイデアで、実際に形にすると動画はどんどん良くなっていって。何も知らない人が見れば、中堅の動画制作者が作ったのでは？　と思うようなクオリティに仕上がっていく。

できたものを皆でチェックする際には、

「いや、いきなりクオリティ上がり過ぎだろ……」

「真琴《まこと》ちゃん、すごすぎるんだけど……」

六曜《ろくよう》先輩も五十嵐《いがらし》さんも、目を見張るほどの動画が出来上がっていた。

実際……俺から見ても、驚きの出来だ。

早過ぎも遅過ぎもしないテンポ感に、丁寧に挿入されるテロップ。

フリーのBGMも雰囲気を盛り上げてくれるし、何より真琴《まこと》のナレーションだ。

彼女のちょっとハスキーで、けれど落ち着いたかわいさのある声は、月や星の写真とよくマッチしている。

「お褒めに預かり、光栄です……」

そんな風に言われるのが照れくさいのか。

真琴《まこと》は身体《からだ》をもじもじさせて、緊張気味にうつむいていた。

「皆さんのお役に立てれば、うれしいんですけど……」

「実際……再生数も伸びそうだな」

腕組みして動画を眺めながら、俺はそうつぶやいた。

「これまでは、知り合いと一部の人くらいしか見てなかったけど……ここまでになると、普通に視聴者獲得しちゃいそう……」

これまでの動画の再生数は、多いときで二百回くらい。

お世辞にも見られているとは言いがたかったし、あくまで学校側に「活動してますからねー」とアピールするためだけのものだった。

それでも……こんなクオリティの動画があれば。

こういう動画を今後も作っていければ、普通に「宇宙系動画」を好きな人にも届くんじゃ――、

「――ギリッ……！」

――不穏な音がした。

背後から、唐突に穏やかでない音がした。

大いなる予感を覚えつつ、恐る恐る振り返ると、

「……ヒッ！」

……やっぱり二斗《にと》がいた。

今日もまた、リハーサルの合間を縫ってきてくれた二斗《にと》が、苦虫をかみつぶしたような顔でそこにいた。

「……ま、まあ、なかなかやるんじゃない⁉」

うわずった声で、あからさまに強がりな声で二斗《にと》は言う。

「編集も？　なんか良《い》い感じだし？　声もかわいいし良《い》いんじゃない？」

……なんだこいつ！

またなんか、対抗心燃やしてるのかよ！　真琴《まこと》と張り合ってるのかよ！

前回から何なんだ！　変にライバル視しなくてもいいじゃないかよ！

とはいえ、真琴《まこと》は真琴《まこと》で、

「……ありがとうございます」

そんな二斗《にと》の方を見もせず、素っ気ない顔でそう言う。

さらに、

「動画作りって、意外と簡単なんですね」

あろうことか、煽《あお》るようなことを言い始めてしまう。

「二斗《にと》先輩の動画見て、大変なんだろうなって思ってたから、拍子抜けでした」

「……そ、そう？」

半ギレの表情で、それでもなんとか冷静を装《よそお》いながら二斗《にと》は言う。

「ま、まあ、そうかもしれないけど？　わたしは規模が違うし⁉　最初のＭＶとか、そろそろ一千万再生いきますし⁉」

「でもあれは、スタッフさんが作ったものでしょう？」

「意見は出しましたー！　わたしもこういう演出したいとか言いましたー！」

「ふふ……そんなの自分で作ったって言わないでしょう……」

「ストップストップ！」

二人の間に、五十嵐《いがらし》さんが割って入った。

「もー千華《ちか》も真琴《まこと》ちゃんも落ち着いて！　別に今、揉《も》めるような場面でもないでしょう！」

「……ん、んん」

「……まあ、そうですが」

「それから坂本《さかもと》！」

と、五十嵐《いがらし》さんはこちらを向き、

「原因は自分なんだから、責任持ってフォローしなさい！」

「……え、俺ェ!?」

思わぬ罪をかぶせられて、思わず大声が出てしまった。

「今の、俺に責任が来るわけ!?」

「当たり前でしょう！」

「さすがにもらい事故過ぎねえか!?」

いやまあ、内心ちょっと理解はしてるけど。

二斗《にと》、俺が真琴《まこと》を褒めたからイライラしちゃったんだろうし。真琴《まこと》もなぜか、そんな二斗《にと》にやりかえしちゃったんだろうけど……。

言うほど俺に責任ありますかね？　さすがにどうしようもなくね……？

「まあわたしがこう言うんだから」

親しげな顔で笑って、それでも五十嵐《いがらし》さんはそう言う。

「他でもないアンタの親友が言うんだから、ちょっとは考えてみてよ」

「うーん……」

「俺も同意見だな」

困惑する俺に、六曜《ろくよう》先輩までそんなことを言いだす。

「こういうときの配慮ができてこそ、俺の相棒だろ」

「んん……」

「難しいとは思うけど、まあがんばれや」

相変わらず、無茶振りだなあとは思う。

どっちかというとノンデリな俺には荷が重いなと思う。

けれど、この二人にそう言われると、確かにまあ説得力を感じてしまって。

親友だの相棒だの言われて、内心気持ちよくなっちゃってるのもあって、

「……まあ、善処します」

ため息をつきながら、俺はそんな風に答えたのでした。

この二人、俺の扱いを心得てるよなあ……。

＊

案の定——真琴《まこと》プロデュースによる動画は、これまでになく伸びた。

あっという間に再生数は千回を突破し、数日後には千八百再生に。

これまで誰も書き込まなかったコメント欄にも、ちらほら感想が見えるようになった。

これは良《い》いぞ、と同好会全員勢いづき、また翌週すぐに天体観測を敢行。

その動画も大きな反響を得て、どんどん規模が大きくなっていく。

そして——数日後の夜。零時を少し回る前。

「にしても、やっぱすげえなあ……」

俺は一人、自室でパソコンに向かい、改めて動画を見返していた。

「編集の技術も感覚も、初めてとは思えねえよな」

一視聴者として、純粋に楽しめてしまう。

製作側なのに、コンテンツとして面白く思う。こんなの、初めてのことだった。

ただ、

「……んん……なんか、忘れてるような……？」

なんとなく、頭に引っかかるものもあるのだった。

真琴《まこと》……動画……。

なんか、前にもそんな話題になった気が……。

「……先輩、起きてます？」

部屋の扉がノックされ、そんな声が聞こえた。

「ああ、起きてるよ」

「入っていいですか？」

「おん」

応えると、静かに扉が開き——真琴《まこと》が入ってくる。

もこもこの柔らかそうな部屋着を着た、パジャマスタイルで——。

「瑞樹《みずき》が寝ちゃったんですけど、まだ全然眠くなくて。こっちにいてもいいですか？」

「ああ、いいよ。もうちょい起きてるから」

「ありがとうございます」

本日……泊まりに来ていた。

真琴《まこと》が、我が家にお泊まりで遊びに来ていた。

考えてみれば、一度目の高校生活でもこんなことがあったな。この子が泊まりがけで遊びに来ること。あのときはまだそんなに仲良くなかったし、こんな風に部屋に来ることもなかったけれど。

「……ありがとな」

なんとなくうれしくて、俺は真琴《まこと》にそう言う。

「瑞樹《みずき》と仲良くしてくれて。あいつ、ぼーっとしてるから。真琴《まこと》みたいな友達がいると、こっちも安心できる」

「ああ、いえ。こちらこそありがたいです」

本棚の漫画を手にベッドに腰掛け、真琴《まこと》は首を振り笑った。

「むしろ今日だって、あの子がわたしを助けてくれたようなものなんです。心配してくれて、泊まってきなよって」

「……心配？」

「わたし、家がちょっと居心地悪いので」

そう言って、真琴《まこと》は小さな笑みのままふっと息をついた。

「ときどきこうして、連れ出してくれるんです……」

そう言えば、前にも瑞樹《みずき》とそんな話をしていた。

家があれでどうこう、みたいな話を。

これまで、真琴《まこと》の家族事情についてはまだ深入りして聞いたことがなかったけど。一度目の高校生活でも、家族の話題や両親の話題は出たことがなかったけれど、何か問題があるんだろうか。

そんな風には、ぱっと見思えないんだけどな……。

真琴《まこと》、ただちょっとぶっきらぼうで、愛想《あいそ》のないオタク女子であるようにしか。

確かに、ときどき突飛な行動に出ることもあるけど……。

「……ん？」

と、そこまで考えて。『突飛な行動』まで思考を走らせて——俺は気付いた。

思い出して、しまった。

「……そうか！」

椅子から立ち上がり——俺は叫んだ。

「わかったぞ、真琴《まこと》があんなに、動画編集が得意だった理由！」

「……は？」

そう、そこには明白な理由があったんだ。

すっかり忘れていた、けれど間違いなく彼女に影響を及ぼしたそれ。

怪訝《けげん》そうな真琴《まこと》の方を向くと、俺は納得の笑みを浮かべながら、

「――悪田魔子斗《あくたまこと》だ!」

彼女にそう言った。

「――『VTuber、悪田魔子斗《あくたまこと》のまこちゃんねる』だ!」


そうだ、間違いない。

未来の真琴《まこと》に教えてもらったのだ。

実は、こっそりVTuberをやっていたことがあるのだと。そのことを言えば、過去の真《ま》琴《こと》は俺が『時間移動』をしていることを信じてくれるだろうと。

「だから、あんなに動画編集に慣れて……」

そもそも、真琴《まこと》は動画編集をやったことがあったんだ。

しかも、YouTubeの最先端であろう、VTuberという形で。

「その経験のおかげで、ハイレベルでトレンドな編集を……!」

めちゃくちゃスッキリしていた。

謎が解けたのが超快感である。そっかそっか！　だから真琴《まこと》、あんなことができたんだな……。エウレカです。アハ体験です。

ただ……、

「……真琴《まこと》？」

見れば、真琴《まこと》はうつむきベッドの上でぷるぷるしている。

「……言わないで、ください……」

震える声で、そうつぶやく真琴《まこと》。

そして——彼女は顔を上げると。

「VTuberの件は、二度と言わないでください！」

「え、なんでだよ⁉　すげえじゃねえかスキルも身について！」

「でも、黒歴史なんです！　思い出したくないんです！」

「恥ずかしがることねえって！　誰でもやってみたいだろ！　VTuber！」

「だからこそ恥ずかしいんです！」

「いやいやいや、チャレンジしたんだからむしろ誇って——」

「——あーもううるさいです！」

言うと、真琴《まこと》は立ち上がり、

「次言ったら——やめますから！」

もはや半泣きの顔で、俺にそう宣言した。

「もう先輩と、試験受けるのやめますから!」

そう言われると、俺も従うしかなくて。

今更一人きりで『星空の村天文研究会』を目指すのはさすがに寂しくて、

「……すいませんでした」

仁王立ちする彼女に、静かに土下座して許しを請《こ》うたのだった。

「試験受けるの、やめないでください……」

*

そんなことのあった——しばらくあと。

平日の放課後、日の沈む少し前。

俺と真琴《まこと》は都営新宿線一之江《いちのえ》駅付近を、スマホのマップを確認しつつ歩いていた。

「な、なんか緊張するな……」

「わたしもです……」

「初めて来る街だし、他の学校入るとか、なかなかないからな……」

「知り合いだって、一人もいませんしね……」

見回すと、俺たちの暮らす荻窪《おぎくぼ》とはずいぶん違う街並みが見える。

隣を走る幅の広い道路に、隙間を置いて並んでいる四角い建物たち。

ごちゃっとした地元とは正反対に見えて、それが素っ気なかったりお洒落《しゃれ》だったりする気がして、足下にそわそわと心許《こころもと》なさを感じた。

——都立春江《はるえ》高校。

事情があり、本日俺たちはこの辺りにあるというその高校を目指していた。

数日前、俺たちの動画に春江《はるえ》高校天文部の部長からコメントがあったのだ。

曰《いわ》く、

『はじめまして。都立春江《はるえ》高校天文部、部長の七森《ななもり》といいます。

僕たちも「星空の村天文研究会」への参加を目指しているので、コメントさせていただきました。

素敵な動画ですね！

同じ目標を持つ者同士、切磋《せっさ》琢磨《たくま》していきましょう！』

——びっくりした。

ネット越し、知り合いじゃない人にそんなコメントをもらったのは初めてでマジ驚いた。

いや、Twitter（現X）で知らん人からリプ来たことはあるけど。

ソシャゲの話題に食いついてきたアカとしばしリプを交わしたことはあったけど、お互い匿名だったからノーカンです。煽《あお》り合っただけだし。

とにかく、そのコメントには驚くと同時になんかすごくうれしくて、何十分もかけて恐る恐る返信を返した。

その後、流れで七森《ななもり》さんとラインを交換することになり。何度か日常的なメッセージを送り合った上で、「今度うちの高校に遊びに来ないか？」とお誘いを受けたのだ。

「あ、見えてきた」

「おー、あれですか」

通りの向こう、建物の隙間に春江《はるえ》高校の校舎が見えてきた。

どこか天沼《あまぬま》高校にも似た汚れ方をした、古い校舎。

古びたクリーム色の壁と、耐震補強の後付けの筋交い。

公立は、どこの校舎も大体同じような見た目なんだなとちょっとほっとする。

ただ、ごく一部。明らかに、見慣れない施設も目に入って——。

「……わ、天文ドーム！」

「そうなんだよ……！」

自然と、俺たちの声のトーンも上がってしまう。

――天文ドーム。

天体観測で使われる、半球状の施設。

それが――この春江《はるえ》高校の校舎には設置されているのだ。

学校のサイトを見て、その存在は知っていた。

マジかよー、いいなー、なんてうらやんでもいた。

けれど、こうして実際に目の当《まあ》たりにすると……サイトを見たときとは比にならないレベルの……うらやましさが……グギギ……！

「どんな感じなんでしょうね？」

春江《はるえ》高校に向けて歩きながら、真琴《まこと》は相変わらず不安げだ。

「春江《はるえ》高校の天文部、大きいんですよね？　部長さん……どんな人なんだろう……」

七森《ななもり》さん曰《いわ》く、春江《はるえ》高校の天文部の部員数は三十一人。

つまり……四人しかいない天沼《あまぬま》高校の、約八倍の規模の部活ということになるらしい。

デカ過ぎんだろ……。

さらに言うと、活動も活発で文化祭でやるプラネタリウムは毎年大盛り上がり。

施設も充実していて、有名アマチュア天文愛好家なんかも輩出していて……言ってみれば、

『強豪天文部』みたいな感じだ。

「な、どんな人だろ」

文面を思い出し、俺はうなずく。

「話した感じ、丁寧な天文オタク、って雰囲気だったけど……」

文面の印象は、あくまで柔らかい。

でもその向こうに、強い意志や確かな知識を感じさせる、七森《ななもり》さん。

……正直、ライバルになるわけで。

『星空の村天文研究会』への参加をかけて戦う、敵にもなるわけで。

楽しみであると同時に、俺はどうしてもドキドキしてしまうのだった。

＊

「──ようこそ、春江《はるえ》高校へ！」

思った以上に、気さくだった。

「コメントさせていただいた、天文部部長の七森拓也《ななもりたくや》です」

通された、来客用の玄関。

部員数人を引き連れ、出迎えに来てくれた七森《ななもり》さんは──優しい理系お兄さん、といった感じの男子生徒だった。

学年は二年生。一個年上ということになるけれど、威圧感は一切ない。

黒縁のメガネにストレートのマッシュヘアー。

肌は白くて顔立ちは繊細で、表情を見ても理知的な印象だ。

彼は意志の強そうな眉を、ちょっと申し訳なさげに寄せてみせ、

「荻窪《おぎくぼ》からは、結構遠かったですよね？」

そんな風に尋ねてくる。

「すいません、来てもらっちゃって……」

「ああいえいえ、僕らも是非お邪魔してみたかったんで！」

慌てて首を振り、俺はそう答えた。

「お招きいただいて、すごくうれしいです！　俺が、天沼《あまぬま》高校一年の坂本巡《さかもとめぐり》で……こっちが、
四面道《しめんどう》中学三年の、芥川真琴《あくたがわまこと》です」

「どうも、はじめまして……」

「うんうん、坂本《さかもと》くんに、芥川《あくたがわ》さんだね」

俺たちの顔を順番に見ると、七森《ななもり》さんはうれしそうにうなずく。

「じゃあ早速、案内するよ。行こう！」

「は、はい！」

「よろしくお願いします！」

そして俺たちは、七森《ななもり》さんのあとを追うようにして歩き出したのだった。


「――やーありがたいね、他校の天文同好会と交流できるって」

部室へ向かう階段を上りながら、七森《ななもり》さんがこちらを振り返る。

「あんまり僕ら、そういう機会ってないだろ？　だから、ずっと他の学校の人としゃべってみたくて……」

「あー、ですね」

その話に、うんうんとうなずいてみせる。

「定期的に大会があったりするわけでもないし、なかなか交流はできないですよね」

「だから、動画を見つけたときはうれしかったよ！　すごく凝ってたし、しかも同じ目標を持ってるなんて」

「あ、ありがとうございます！」

と、七森《ななもり》さんは真琴《まこと》に視線を向け、

「編集は、芥川《あくたがわ》さんがやってるんだよね？」

「ああ、ですね。手探りではありますが……」

「今度コツを教えてよ、うちはチャンネル全然活《い》かせてないからさー」

そんなことを言い合ううちに、目的地に着いた。

部室棟である北校舎、四階の教室前で七森《ななもり》さんが足を止める。

そして、

「では、ようこそ天文部へ」

言って、彼は俺たちをその部屋へ招き入れてくれた。

「お、おおお……」

「すごい……」

思わず、二人してそうこぼしてしまった。

——活気がある。

まずは、それが第一印象だった。

うちの部室とは違い、広い空間。

通常の教室ほどもあるその場所に、沢山の生徒が集まっている。

彼らはいくつかのグループに分かれパソコンをいじったり機材を手入れしたり、何かを打ち合わせたりしていた。

室内、壁には資料が所狭しと貼られ、ホワイトボードには予定が書き込まれている。

近くの机には部員が撮ったものらしい、天体の写真がいくつか重ねて置かれていた。

「……ずいぶんと、違うもんだな」

　気付けば、そんな風につぶやいていた。

　狭い空間に集まってダラダラする俺たちとは、空気も景色も何もかもが違う。

　ピリッとした緊張感の中で活動する彼らは、まさに『強豪文化部』の雰囲気だ。

「うちの部は、いくつかの班に分かれてて」

　生徒たちの間を歩きながら、七森《ななもり》さんは説明してくれる。

「惑星班とか、変光星《へんこうせい》班とか、太陽班とかね。それぞれの興味のある研究対象に分かれて、日夜観察や勉強をしているんだ。もちろん、そこまで厳密なものじゃないから、班を移ったり掛け持ちに近いことをしている生徒もいるけど」

　なるほど、と話を聞く間にも、こちらに気付いた部員さんが「こんにちは！」とあいさつをしてくれる。

　そのきびきびした歓迎ムードに、なんだか背筋が伸びてしまった。

「機材はこんな感じ」

「おお、すごい……」

　隣の機材庫に通してもらい、一通り備品を見せてもらった。

　ハイグレードの屈折式望遠鏡、反射望遠鏡。自動導入可能な赤道儀《せきどうぎ》。

　シュラフ、マット、双眼鏡。

ノートパソコンやソフトのパッケージや、天体観測に必要な備品までざっと揃《そろ》えてある。

「あああ～良《い》いな～……」

絢爛豪華《けんらんごうか》なその品揃《しなぞろ》えに、思わず情けない声が出た。

「うち全然機材足りなくて。部費から購入してる感じですか？」

「ああ、それもあるんだけど。うちは、結構熱心なOBがいてね」

本棚の中、十年ほど前の部誌を手に取り七森《ななもり》さんが言う。

「天文の研究家とか、愛好家がときどきうちの部から出るから、そういう人たちが定期的に寄付してくれるんだ。屋上の天文ドームの維持も、その人たちがまかなってくれていて……」

「へえ！　OB!!」

「すごいですね……」

「いくら感謝してもし足りないよ」

ありがたそうにそう言うと、七森《ななもり》さんはちょっとおどけた様子で古い部誌たちに手を合わせてみせる。

真面目なこの人のコミカルな仕草に、俺も真琴《まこと》も小さく笑ってしまった。

「天沼《あまぬま》高校は、天文同好会、割と最近できた感じ？」

「ああ、というか、俺たちで立ち上げ直した、って感じで……」

七森《ななもり》さんに、これまでの俺たちのいきさつを説明する。

俺が入学した時点で、部員は俺一人だったこと。

必死に仲間を集めて、同好会としての存続を勝ち取ったこと。

それ以来、定期的に天体観測なんかの活動をしていて、『星空の村天文研究会』を知り是非参加したいと思ったこと。

「……なるほど、いいね」

熱の籠もった声で言い、七森《ななもり》さんはうなずく。

「そういう熱量を持った仲間と知り合えるのは、マジでうれしいよ」

「こっちこそです」

「と、そろそろ……日が沈んできたね」

言われて、窓の外がずいぶんと暗くなっているのに気が付いた。

時刻は既に、十六時半過ぎ。

十二月に入った昨今は、これくらいの時間に辺りが真っ暗になってしまう。

「じゃあ……そろそろ行こうか」

七森《ななもり》さんが、そう言って意味ありげに笑う。

「行こうって、どこに？」

尋ねると、七森《ななもり》さんは天井を指差し、

「もちろん――」

どこか誇らしげな声で、俺たちに言った。

「──天文ドームで、一緒に星を見よう」

＊

やってきた春江《はるえ》高校屋上。

そこに設置された天文ドームに、俺も真琴《まこと》も大興奮だった。

直径三メートルほどだろうか。星を観察するためだけに作られたその空間で。俺と真琴《まこと》は、代わる代わる望遠鏡を覗《のぞ》かせてもらった。

うちの学校にはない環境、うちの学校にはない機材。

普段見えない惑星の模様や、遠くの銀河や星雲──。

本当に、春江《はるえ》高校に来れてよかった。七森《ななもり》さんと、知り合いになれてよかった……。

そんな風に、心の底から思ったから、

「……どうして、こんなによくしてくれるんですか？」

夢中で望遠鏡を覗《のぞ》いている真琴《まこと》。

その後ろ姿をほほえましげに眺める七森《ななもり》さんに、そう尋ねてみた。

「他にも、動画を出してる天文部はありますよね？　うちより大きいところもある」

実際、そういう部活の動画を俺もちょくちょく見ていた。

あからさまに、天沼《あまぬま》高校より活動が活発なところもあった。

「なのに、なんでその中でもうちを招いてくれたんでしょう？」

話を聞く限り、七森《ななもり》さんたちが他の高校を招いて交流している様子はない。

じゃあ、俺たちを選んだ理由は何だったのか……。

「……そうだな」

と、七森《ななもり》さんは考える顔になり、

「まず……目を惹《ひ》かれたのが、動画のクオリティなのは間違いないよ。やっぱり高校生の動画って、簡素なのが多いからね。ちゃんとした作りなのに興味を持った、っていうのは、入り口として大きかった」

「ああ、やっぱり……」

そりゃまあ、そうだよな。

俺たちの動画で目を惹《ひ》くポイントがあるとすれば、まずはそこだ。強豪校でもうちほどの動画を出しているところは見たことがないし、そのことに納得感はある。

「ただ」

と七森《ななもり》さんは言葉を続け、

「それをきっかけに、それまでの動画を全部見せてもらったんだよ。最初の動画から、日々の天体観測の報告動画。その間に挟まってる雑談みたいな話も、全部ね」

「おお、マジですか。ありがとうございます……！」

「それで……坂本《さかもと》くん、言ってたろ？」

言うと、七森《ななもり》さんは空を見上げ、

「子供の頃、星空に感動したんだって。その衝撃が、今も自分の中に残っていて……だから、星に名前を付けたいんだって」

——子供の頃、見上げた星空。

確かに、俺は動画の中でその話をしたことがある。

特に、理由があってそうしたわけじゃなかった。

半ば、尺稼ぎのような気分で話した記憶さえある。

けれど、

「僕も——同じような経験があるんだ」

七森《ななもり》さんは、こちらに視線を戻し。

親友に話すような信頼の籠もった口調で、俺に言う。

「林間学校の夜、星空を見上げて感動した。僕はこの星について、世界で一番詳しい人間になりたいって思った」

その言葉に――脳裏に景色が浮かぶ。

まだ、小学生の七森《ななもり》さん。幼い彼が見上げた、山間の夜空。

その光景に、輝く彼の瞳――。

「だから、そうだな……なんだろ、馴《な》れ馴《な》れしいって思うかもしれないけど」

言うと、彼は恥ずかしげに頬をかき、

「仲間を……見つけた気分になったんだと思う」

視線を逸《そ》らしながら、さっきよりも抑えた声で言った。

「この広い世の中で、特別な仲間を見つけたような気分にね……」

「そうですか……」

その言葉に……なんだかドキッとしてしまった。

心臓の位置が落ち着かない感覚。

変なうれしさにニヤついてしまうし、恥ずかしくて七森《ななもり》さんの顔が見れない。

「そう言ってもらえるのは、うれしいです……」

「いや、こちらこそ……ごめん、変な話して……」

「へ、変な話だなんて……そんなことないです」

「そ、そっか……」

そんな風に、もじもじ言い合う俺らを、

「……ん?」

振り返った真琴《まこと》が不思議そうに見ている。

「どうしたんですか、二人とも。そんなそわそわして」

「べ、別に何もないよ!」

「そ、そうだよ芥川《あくたがわ》さん……」

「ふうん……」

それでもなお、じとっとした目で俺と七森《ななもり》さんを見る真琴《まこと》。

そして彼女は、視線を俺にロックオンすると、

「……もしや、浮気《うわき》?」

そんなことを——言いだした。

「二斗《にと》先輩がいながら……浮気《うわき》ですか?」

「そ、そんなわけねえだろ!」

春江《はるえ》の空に俺の叫びが響く。

「別にそんな……そういうアレじゃねえよ!」

そしてそんな俺の隣で。

七森《ななもり》さんは相変わらず、恥ずかしそうに指先をもじもじしていたのでした。

＊

「――多分、僕らの一騎打ちになると思う」

見送りに来てくれた駅前で。

真《ま》っ直《す》ぐ俺たちを見て、七森《ななもり》さんはそう言った。

「他にも応募している学校はあるようだけど、どこもそれほど熱量の高くない部だと聞いたよ。だから、実質試験は春江《はるえ》高校と、天沼《あまぬま》高校の一騎打ちだろうね」

「おお、そうなんですね」

一之江《いちのえ》駅周辺の、どこか無機質な印象の照明。

けれどそれを浴びる七森《ななもり》さんは、活《い》き活《い》きとした表情で俺たちを見ている。

「七森《ななもり》さんたちと勝負かー。強敵だなー……」

苦笑いで頭を抱えながら、それでも俺は存外悪い気分じゃない。

戦う相手が強力であること、友人になれそうなほどいいやつであること。

漫画なんかの中では悩ましげな状況として描かれそうだけど、むしろ正直わくわくしている。

この人と本気でぶつかり合えることを。

大切な場面で、目の前に立つのがこの人であることを。

それは七森《ななもり》さんも同じ気持ちらしく、

「楽しみだね……」

待ちきれない、とでも言いたげな声で、彼はそう漏らした。

「戦う相手が、君たちでよかったよ」

「俺も、同じ気持ちです」

「試験まで、残り一ヶ月。これからも、お互い切磋《せっさ》琢磨《たくま》しながら当日を迎えられるとうれしいよ」

言うと、七森《ななもり》さんはこちらに手を差し出し。

「よろしく！」

俺もその手を強く握り返し、笑顔で答えたのだった。

「こっちこそ、よろしくお願いします！」

【Introduction 8.2】

「――ねえ……望遠鏡、最近使ってないの？」

始まった、巡《めぐり》のそばで過ごす高校三年間。

文化祭を来月に控えた、天文同好会の部室で。

久しぶりにここにやってきたわたしは、恐る恐る彼に尋ねた。

「巡《めぐり》、天文学者になりたいって言ってたよね？　もう星を見てみたりとか……しないの？」

「……ああ、まあな」

手元のゲーム機に視線を落としていた巡《めぐり》。

彼はこちらを見ることもないまま、かすれた声で言う。

「そういうのは、いいかな……」

「興味、なくなったの？」

歯切れの悪い彼に、もう一度尋ねる。

「天文学、もう面白くないの？」

その問いに、彼は短く黙ったあと、

「……そういう、わけじゃないんだけど」

消え入りそうな声で、そうこぼした。

──様子がおかしかった。

この時間軸の、巡《めぐり》の様子がおかしい。

わたしと友達にならなかった時間軸で、彼は年末に小惑星探しのイベントに参加、新たな星を見つけたはずだった。

そんな彼に期待を抱《いだ》き、わたしは巡《めぐり》に近づいた。

入学式前に彼を見つけ、その後は天文同好会部室で待機。

偶然を装《よそお》って彼と親しくなり、一緒に部室に入り浸る仲になった。

──活動する彼を、隣で見られるはずと思っていた。

天体観測したり、星の勉強をしたり、そういう彼の姿をすぐそばで見られるのだと。

実際、春頃にはそんな様子を彼は見せてくれていた。

さらに、彼はある日わたしに告白。

とっくに彼に恋をしていたわたしもそれを受け入れ、彼氏彼女にさえなった。

ここまで距離が縮まるなんて、ループをしてすぐの頃には思っていなくて。

幸せのあまり、飛び上がりたいような気分でわたしは毎日を過ごしていた。

けれど……それから少し経《た》ち。徐々に巡《めぐり》は、星への情熱をなくしていく。

天体観測の頻度は減り。

星について話すことがなくなり。

ついには──成績まで急落し始めた。

……原因は、なんとなく思い当たるものがある。

「……わたしの、せい？」

恐る恐る、わたしは彼に尋ねる。

「わたしが……巡《めぐり》を、辛《つら》くしてる？」

巡《めぐり》の様子が変わるのは。

彼が情熱を失っていくのは、わたしの活動と連動しているような気がしていた。

MVを発表する度、再生数が大きく伸びる度、レーベルや事務所から声がかかる度、彼の目から少しずつ光が失われていく。

これまでのループの中で。限りなく繰り返してきた三年間の中で、そんな景色は何度も見てきた。

萌寧《もね》や六曜《ろくよう》先輩。

彼らだけじゃなく、わたしは沢山の人を傷つけてきた。

また……同じことになるんだろうか？

わたしはわたしであろうとするだけで、人を苦しめてしまうんだろうか。

「……そうじゃねえよ」

その声に、わたしは我に返る。

見れば、彼はようやく顔を上げこちらを見ていた。

「ただ、俺がしたくてこうしてるだけだって」

ぶっきらぼうな、彼らしくない言い方。

すぐにそれに気付いたのか、巡《めぐり》ははっと口元を手で押さえる。

「……い、いやほら！　正直俺、怠け癖があるから、あはは……」

言いながら、慌てて立ち上がる巡《めぐり》。

彼はどこか困ったような表情で望遠鏡に近づき、

「確かに、そろそろやるのもいいかもな……天体観測！」

「……うん」

「最近、全然やれてなかったからな……」

「そうだね……」

——きっと、大丈夫。

そんな彼を見ながら、わたしは自分にそう言い聞かせる。

巡《めぐり》は、すごい人なんだ。

高校生にして小惑星を見つけて、大学でも天文学を学ぶ。

きっと、本当に学者になれるような人。

それが、わたしのせいでダメになっちゃう、なんてはずがない……。

「……がんばってね」

だから、わたしは彼に言う。

「わたし、仕事で参加できないけど……天体観測、楽しんでね」

第三話 chapter3

【月の缶】

「——おいおい、ほぼ満点だぞ……」

春江《はるえ》高校訪問から数週間。放課後の部室にて。

自作の模試、真琴《まこと》の分の採点を終え、俺は震える声でそうつぶやいた。

「マジかよ、ちゃんと天文宇宙検定二級相当なのに……ほぼノーミス」

「がんばりましたから」

言いながら、真琴《まこと》は真顔で俺にピースしてみせる。

「ここしばらく、本気で勉強しましたからね。まあ、こんなものです」

表情こそ冷静なものの、わずかに桃色に染まった頬。

若干緩んでいる口元に、彼女がご機嫌なのが見て取れる。

対する俺は、

「元々、できるやつだなとは思ってたけど」

額に手を当て、素直に驚いていた。

「ここまでとは。こんなに優秀だったとは……」

繰り返しになるけれど、天文宇宙検定の二級を解くには高校地学レベルの知識が必要になる。

さらには最新の宇宙のニュースや、新たな学説に触れていることも重要だ。

それを——たった数週間で。

勉強開始からひと月も経《た》たないうちに、マスターするレベルにいたった真琴《まこと》。

いやすご過ぎだろ、そんなに賢かったのかよ。

三年間一緒にいたはずなのに、そんなん全然気付いてなかったわ……。

「へーすごいね」

「こりゃ、うちの高校受かるのも確定だな」

そんな様子を眺めていた五十嵐《いがらし》さん、六曜《ろくよう》先輩も、感心した様子で声を上げた。

「そ、そんな全然……」

「謙遜することないよー」

「だな。自信持った方がいいぞ、そういうの」

「自信とか……」

真琴《まこと》は相変わらず、この二人には上手《うま》く心を開けない様子だ。

とはいえ、俺にはまあまあ似合う三人組に見えて、

「……なんか、俺の周り優秀過ぎね？」

気付けば、そうこぼしている。

「二斗《にと》にせよ六曜《ろくよう》先輩にせよ五十嵐《いがらし》さんにせよ、なんかみんなすごい人過ぎね……？」

――七森《ななもり》さんとの出会い以来。

俺と真琴《まこと》の試験へのモチベーションは上がりに上がっていた。

もちろん、元々「絶対受かってやる」と思っていたんだ。

俺も真琴《まこと》も本気で勉強や活動に臨んでいたし、油断だってしていなかった。

けれど……ライバル。本気で尊敬できて、同時にそう簡単に越えることのできない七森《ななもり》さんという強敵が現れて、一層身が引き締まっていた。

おかげで、俺も真琴《まこと》も勉強にブーストがかかり。今日ついに、真琴《まこと》も(そして俺も)筆記試験が満点でクリアできそうなレベルに到達したのだった。

「――つーことで、引き続き勉強は続けるけど」

一息ついて、俺は真琴《まこと》に言う。

「とはいえ、試験はこれで一旦安心って感じだな。あとは、面接がどうなるかだ」

「そうですね」

真面目な顔で、真琴《まこと》はこくりとうなずく。

「結局、そこ勝負になるでしょうしね」

春江《はるえ》高校も、間違いなく試験では満点近くを取るだろう。

そうなると、差がつくのは面接だ。

そこで何を聞かれ、どう答えるか。結果は、そこにかかってくる……。

「今年新設されたイベントだから、どんなこと聞かれるかはわかんないんだけど」

ホワイトボードの前に立ち、俺はペンを手に取る。

「多分聞かれるのは、大きく分けて二パターン。これまでのことと、これからのことだな」

「うんうん」

素直な顔で、真琴《まこと》はこくこくうなずいている。

「これまでのことは簡単。どんな活動をしてきて、どんな結果を残してきたか、だ。これは結構、俺たち言えることがあるよな。動画作ってきたし、しかも最近再生数伸びてるし。ここはそれなりに、強いと思う」

「ですね。十分アピールできる気がします」

「で、問題はこれからのことだ」

こ、れ、か、ら、とホワイトボードに書いて、俺は腕を組む。

「小惑星を見つけて、どうしたいのか。研究会の参加が、それにどう繋《つな》がっていくのか。つまり──」

と、俺は一度言葉を切って、

「──『星空の村天文研究会』に参加する理由、って言ってもいいのかもしれない」

──理由。

なぜ星を見つけたいのか。

どうして、小惑星探しのイベントに参加するのか。

……正直に言おう、はっきりした理由のある参加者はそう多くないだろう。

天文学に興味があるから。

なんだか面白そうだから。

思い出を作りたいから。

学校にうながされただけで理由はない、ってパターンさえあると思う。

じゃあ——俺はどうなのか。真琴《まこと》はどうなのか。

それを、どういう風に主催側に伝えるのか——。

「これは……急ぐようなことじゃないだろうな」

じっと俺を見る真琴《まこと》に、俺は言う。

「まあ、事前に相談して、綺麗《きれい》なそれっぽい理由を考えておいてもいいけど。でもここは……本心で、話した方がいいと思う」

勝負がここで決まるなら。

春江《はるえ》高校や、その他の受験グループとの差がつくなら、ありきたりなことを話してもしょうがない。

本心からぶつかって、審査してもらう。

俺たちの熱量や気持ちを、受け止めてもらう。

それしか方法はないし、それがベストだとも思う。

「だから、お互いちょっとずつ考えていこう。自分にとって、研究会に参加する意味とか、そういうことをな」

「ええ、そうですね」

ほうと息を吐き、真琴《まこと》はうなずいた。

「考えて、おきます……」

それだけ言って、視線を落とす真琴《まこと》。

その表情は既に、何かを考え始めているようで。そんなストイックさにも、改めて心強いなと思わされる。

――と、

「……お」

そんなタイミングで、ズボンのポケットの中でスマホが震える。

二斗《にと》からラインかな？　今日は来ていないし、なんて思いながら確認すると、

「あー、七森《ななもり》さんだ」

彼からのメッセージだった。

あの日以降も、七森《ななもり》さんとはこうして試験勉強の進捗や天文学の話、おすすめの宇宙系ＹｏｕＴｕｂｅｒの話をする仲だった。

初めてできた他校の友達。

これまでにないほどに仲の良《い》い、同性の友人。

それがうれしくて、俺の中でも彼は特別な存在になりつつある――。

そして今回、

「……おっ！」

俺はその文面に、反射的に声を上げてしまった。

「どうしたんですか？」

尋ねる真琴《まこと》に、俺はスマホの画面を向け、

「七森《ななもり》さん……こんなこと言ってる！」

七森拓也《ななもりたくや》『お疲れ。準備ははかどってる？』

七森拓也《ななもりたくや》『よければ今度、近況報告会でも開かない？』

＊

「──やっぱりそっちも、試験は満点が前提か……」

週末の昼。

やってきた、新宿のファミレスにて。

ドリンクバーのコーヒーを一口飲み、七森《ななもり》さんは笑った。

「だよね、君たちならそうなると思ってた」

相変わらずの落ち着いた表情に、怜悧《れいり》な印象のメガネ。

黒髪はさらさらで整った顔にはわずかな野暮ったさも感じる。

絵に描《か》いたような『理系イケメン』の彼は、カップを口に運ぶ姿も様になっていた。

「ですね、真琴《まこと》ががんばってくれて」

対する『理系なのになんか文系に見える系男子』であるところの俺は、その姿にほうと羨望《せんぼう》の息を吐き、そう答えた。

「ここまでやってくれるのは、俺も予想外でしたよ」

「本当に逸材だなあ、うちの部に欲しいくらいだよ」

「そ、そんな……大げさな……」

七森《ななもり》さんにじっと目を向けられ、真琴《まこと》は気まずそうに視線を外す。

「別に、必死にやっただけで……」

「それができる時点で、ものすごく優秀なんだよ」

それはまあ、本当にその通りだと思う。

実際俺は、一度目の高校生活でがんばれなかったわけで。

自分の意思で自主的に努力できた真琴《まこと》には、それだけで大したもんだと感心させられる。

と、そこでふと気付いて、

「そう言えば、七森《ななもり》さん」

俺は彼に切り出した。

「春江《はるえ》高校は、参加者はどうするんですか？　部長の七森《ななもり》さんが出るとして、副部長とかが一緒に参加、とはしないんですか？」

前回学校を訪れたときも今回も、俺たちを歓迎し、研究会の話をしてくれるのは七森《ななもり》さんだけだった。

研究会に応募できるのは、一グループ二人まで。

春江《はるえ》高校レベルの天文部だったら、試験で満点を取れそうな生徒は他にもいただろう。パートナーだって、もう選び終えているんじゃないだろうか。

「ああ、それがね」

七森《ななもり》さんは、けれど困ったように笑い、

「単純に、追いつけるメンバーがいなくて」

「……追いつける？」

「うん、実力的に、試験に参加できそうなメンバーが」

意外な言葉に、一瞬返す言葉に詰まった。

参加できそうなメンバーが、いない……。

あれだけ人数がいて、しかもモチベーションも高そうで？

「一応、希望者は募ったし、結構立候補もあったんだけどね……」

残念そうに視線を落とし、七森《ななもり》さんは息を吐く。

「模擬的にテストをして、そのあと面接をしたんだけど……ちょっとこれは、厳しいなって部員しかいなくて……」

「はあ……そうなんですか」

厳しい、のか……。

やっぱり上手《うま》く、イメージとその言葉が結びつかない。

そりゃもちろん、低いハードルじゃないだろう。

けど、あれだけの人数がいる部活で、一人もそれを越えられないなんてことが……本当にあるんだろうか？

「そう言えば、面接のことはもう考えてる？」

七森《ななもり》さんが、思い出したような顔で言う。

「きっと僕らの勝負は、そこでつくだろう？」

「ああ、そうですよね！　俺も、結局そこが重要だなと思ってて……」

「多分聞かれるのは、普段の活動や今後のこと。研究会に参加したい理由、とかか……」

「……ですよね」

やっぱり、同じ結論にたどり着いていたみたいだ。

そこで何をアピールするかで、どの学校が選ばれるか決まる。

どんな風に自分たちのことを説明するか、何を目指しているんだと話すのか。

「だとすると……やっぱり強敵だなあ」

テーブルに肘を突き、七森《ななもり》さんは笑う。

「坂本《さかもと》くんは、例の子供の頃の話をするんだろう？　旅行のあとに見た星空に感動して、宇宙に興味を抱《いだ》いた。星に名前を付けたくて、天文学者を目指すことにした……」

「ええ、そうですね」

メロンソーダをずずっと飲みきり、俺はうなずいた。

「そこがまず、バックグラウンドとしてあって……」

最近、ずっとそのことを考えている。

何を目指して、小惑星を探すのか。

それを通じて、何を手に入れたいのか。

七森《ななもり》さんの言う部分だけで、本来十分だと思う。

俺が天文学者を目指すようになったきっかけは、明白にあの夜の星空だ。

ただ――、

「……今は、それだけじゃないんです」

――もう一つ、ある。

俺を強く駆動するもの。

どうしても、手に入れたい『未来』――。

「譲れないことが、俺の中にあるんです」

「……へえ」

笑みを浮かべたまま、うなずく七森《ななもり》さん。

そして彼は小さく首をかしげ、

「それ……聞いてもいいかな？」

ちょっと控えめな口調で、そう尋ねてくる。

「もちろん、来週には僕らは試験でぶつかり合うわけで。無理に手の内を明かせとは言わないよ。大事なことだろうから、隠されたって怒りもしない。けど……」

七森《ななもり》さんは、にまっと口元に笑みを浮かべると、

「興味がある」

率直に、俺にそう言った。

「君を動かすものが何なのか。そこまで駆り立てるものが何なのか、知りたいんだ」

「……そうですか」

そこまで言われて、話そうと思う。

抵抗がないわけじゃない。プライベートな話だし、結構情けないところもある。

二斗《にと》は今や有名人でそれをバレないようにする必要もあるだろう。

ライバルであることを考えても、手の内を隠しておく方が賢明だ。それは間違いない。

それでも……七森《ななもり》さんが、興味を持ってくれている。

それがうれしくて、彼の気持ちに応えたくて、

「……実は俺、付き合ってる、人がいて」

恐る恐る、そんな風に切り出した。

「俺には、もったいないような彼女で。本当に、すごい子なんです……」

言いながら、二斗《にと》のことを思い浮かべる。

とんでもない速度で、世界にその歌を広げていく二斗《にと》。

あまりにもまぶしくてあまりにも遠い彼女。

「その、詳しくは言えないんですけど」

前置きして、俺はなんだか笑ってしまう。

「ある活動が世間に評価されて、どんどん有名になってるところで。俺、完全に置いていかれてるんです。あいつのすごさが世の中に受け入れられていくのを、これまで隣で見てることしかできなかった……」

先週、ついに二斗《にと》の全国ツアーが始まり、彼女は学校を休みがちになっている。

各地方での公演は大盛況らしく、俺もネット上でレポを何回か読んでみた。

ラインのやりとりだってこまめにしているし、彼女が疲れたりちょっと弱気になったりした

ときには、長い時間通話だってしている。

それでも結局……ここまで俺は『彼女のそばにい続ける』ことしかできなかったと思う。

二斗《にと》の身に起きる問題を振り払う。

絡《から》まった事情を解きほぐして、あるべき形に収める。

それが、意味のないことだったとは思わない。

むしろ明白に、彼女を変えることができたとも思っている。

だから、今の彼女は軽やかだ。

笑顔の彼女で、短い髪を揺らしてステージに立つことができている。

ただ——変わったのは、あくまで二斗《にと》自身だ。

俺は結局、一度目の高校生活と大きく変われてはいない。

二斗《にと》に偶然選ばれただけの、何でもない普通の男子のままでしかない——。

「それが、きっとあいつを苦しめてるんです」

——いつか失踪してしまう二斗《にと》。

俺たちの前からいなくなってしまう二斗《にと》。

きっと、理由は一つじゃないんだろう。俺のせいだなんて、思い上がることはできない。

それでも。いや、だからこそ——、

「俺は——あいつのそばに、並び立ちたい」

――宣言するように、俺は七森《ななもり》さんに言う。

「ただ、距離が近いだけじゃダメなんです。存在として、隣にいられるようになりたい。そのためにも――」

そこで俺は、大きく息を吸い。

「――小惑星を、見つけたいんです」

――寂しかったんだろう、と思う。

二斗《にと》が何度も繰り返してきた、高校の三年間。

彼女はきっと、一人で何年も何十年も、孤独な戦いを続けてきた。

そんな二斗《にと》のそばにいるために――証明したいと思う。

その手段は、きっとこれしかないんだ。俺自身が、前に進むこと。

俺が本当に手に入れたかったものを、手に入れること――。

「星に――名前を付けたいんです」

――付ける名前はもう、考えてある。

早すぎる、と笑われるだろうか。

まだ候補になる天体も見つけていないのに、そもそも研究会に参加できる資格だって手に入れていないのに。先に名前を考えるなんて、浮かれ過ぎだろうか。

でも、心に決めているんだ。

その星には——あの子の名前を付けるのだと。

まぶしい光の名前を付けるのだと——。

その気持ちは、絶対に揺るがない。

「負けませんからね」

だから俺は、不敵に七森《ななもり》さんに笑いかける。

「絶対に、試験では俺たちが勝たせてもらいます」

そうだ、俺と彼の戦いは、そういうものだ。

人生を賭けた勝負。お互いの存在に関わる一戦。

それを交わす相手が七森《ななもり》さんであることが、心の底から誇らしい——。

——笑い返して、くれると思っていた。

俺の気持ちに、願いに、共感してくれると疑いもなく信じ込んでいた。

だから――、

「……」

ふっ、と、七森《ななもり》さんがついた息。

そこに――『落胆』の色が混じっている気がした。

テーブルに降りる、短い沈黙。

七森《ななもり》さんはそれまでの笑みを完全に消し去り、視線をテーブルに落としている。

そして彼は、長く長く息を吐き出したあと。

その整った唇を小さく開き――、

「――だ――」

「……え」

「――不純だ」

――短く、そう言った。

「――星に向き合う動機として、あまりにも不純すぎる」

――不純。

考えてもみなかった、その言葉。

唐突に突き付けられた――俺自身に対する批判。

背筋が凍り付く。

水でも浴びせられたように、表情が固まる。

「もちろん、科学を志す者が、恋をすることだってあるだろう」

七森《ななもり》さんは続ける。

「そういう学者が、歴史的な発見をして礎《いしずえ》を築いてきたのだってわかってる。そのことは、どうやったって否定できない」

それは、彼の言う通りだろう。

ちょっと歴史をひもとけば、恋愛エピソードのある科学者なんていくらでもいる。オタク御《ご》用達《ようたし》のシュレディンガー博士はモテ男な上、恋のために学問の道をあきらめそうになったりしている。『メガスター』というプラネタリウムのシリーズを作った大平貴之《おおひらたかゆき》さんは、「モテるため」「出会いを作るため」学生時代にプラネタリウムを造った、とまで公言していた。アインシュタインですら、女好きだったたって説があったりするらしい。

けれど七森《ななもり》さんは固い声のままで、

「でも……科学は、科学だろう？」

真剣な目を、俺に向ける。

「世界がそこにある、それを理解したい、解き明かしたいという願い。それこそが、きっと本当の探求に繋《つな》がるものだろう？　僕は、そう思う」

——言いたいことは、理解できる。

科学は、世界を解き明かす営みには、厳正さと一種のドライさが必要になる。

人間の願いや望みとは、完全に切り離された観測、分析。

そこにノイズが入れば、弱い人間の希望や欲求が混じれば、あっという間に「事実」は遠ざかる。

だから——確かに不純、とも言えるんだろう。

恋愛感情、人の欲求、願い。

それに突き動かされている俺は、純粋では、ないのかもしれない。

「僕は、ただ宇宙のことを知りたいと思っている」

真《ま》っ直《す》ぐ俺を見て、七森《ななもり》さんは言う。

「純粋に、僕たちの住む世界全体のことを、知りたいと願っている。本当にそれだけだ。それが僕の、心からの願いなんだ」

そして、彼は一度息を吸い込むと、

「だから——負けられない」

挑むような顔で、俺に言う。

「そんな不純な君に、絶対に負けるわけにはいかない――」

――混乱していた。

彼のその話に、俺は深く混乱していた。

強い言葉で言い返したい気もする。不純な俺自身を、謝りたい気もする。

一度落ち着いて、色々考え直したい気持ちもある。

ただ……それ以上に、ショックを受けていた。

俺たちに良くしてくれた七森《ななもり》さん。評価してくれた、大事な友人になれそうだった七森《ななもり》さん。

そんな彼が、今……俺に……厳しい言葉を――、

「――何が悪いんですか！」

――叫んだ。

真琴《まこと》が――隣でそれまで黙っていた真琴《まこと》が――叫んだ。

「先輩は本気です！」

勢いよく椅子から立ち、食ってかかるように彼女は言う。

「毎日寝る間も惜しんで勉強して、天体観測して！　そのうえわたしにまで色々教えてくれ

て！　実際、試験では満点を取れそうなんですよ⁉　ぬるい気持ちでなんて、やってるはずがないでしょう⁉」

その剣幕に——思わず言葉を失った。

中学三年生にして、高校二年生の男子に立ち向かっている真琴《まこと》。

黒髪を激しく揺らし、切れ長の目にありありと怒りを浮かべ、普段はぼそぼそした声を張っている、彼女——。

こんな姿、初めて見た。

真琴《まこと》が激昂《げっこう》するところなんて、こんな風に人に怒るところなんて、初めて——。

「それを、否定するつもりはないよ」

七森《ななもり》さんは、けれどあくまで冷静にそう返す。

「坂本《さかもと》くんは本気だろう。それはわかってる」

「そういう気持ちが……恋が、人を前に進めることだってあるでしょう！」

「僕らが前に進めるべきは科学だ。人じゃない」

「科学を前に進めるのは人じゃないですか！」

「ああ。だから、その姿勢の話をしているんだ」

落ち着いた声の七森《ななもり》さん。

感情的な真琴《まこと》と彼の声色《こわいろ》の落差は——そのまま、俺と彼の星に対する態度の違いのようにも思えた。

「実際に、そうやって進んできたことがあるのは、七森《ななもり》さんも認めてるじゃないですか！　そういう科学者が、歴史を紡《つむ》いだこともあるって」

「それは、全くその通りだね」

「だったら！」

真琴《まこと》は、そこで一度言葉を区切る。

そして——強く確信するように。

結論を持って締めくくるように、七森《ななもり》さんに突きつける。

「先輩は——間違ってません！」


テーブルに、沈黙が降りる。

周囲の客たちが、何事かとこちらを見ている。

店員がそそくさとこちらにやってきて、

「申し訳ございません、声を控えていただけると……」

と眉を寄せ囁《ささや》いた。

「すみません、気を付けます……」

七森《ななもり》さんが、困ったような顔でそちらに頭を下げる。

そして……、

「……芥川《あくたがわ》さんの、言う通りだ」

数呼吸分の間を挟んで、彼はそう続けた。

「僕も、そうだね。坂本《さかもと》くんが間違っているとは言えないよ。おかしいとも言えない。本当のことを言えば、そういう学者の方が強いのかもしれない、と思うことさえある」

──思いのほか、素直な言葉だった。

面食らったように、真琴《まこと》が言葉を失う。

けれど、

「だから……そうだな、つまり」

七森《ななもり》さんは、どこか悲しげな顔で笑う。

テーブルに頰杖《ほおづえ》を突き、窓の外に視線をやる。

そして、まるで別れ話でもするように、

「……嫌いなんだと思う」

寂しげに笑って、そう言った。

「僕が、そういうのが嫌いなんだ」

＊

「……ありがとな」

総武線の座席、隣同士並んで揺られながら。

窓の外、街の灯《あか》りが流れていくのを眺めながら、かすれる声で俺は真琴《まこと》に言う。

「七森《ななもり》さんから、かばってくれてありがとう……」

真琴《まこと》があぁ言ってくれたこと、俺を間違ってないと断言してくれたこと。

そのすべてが、泣き出しそうなくらいにうれしかった。

真琴《まこと》は、俺のことをよく知っている。

二斗《にと》に対する気持ちや星に対する気持ち。それこそ、二度目の高校生活を送ってまで二斗《にと》を助けようとしていることまで。

そんな彼女に俺を肯定してもらえたことが、今になって胸に温かみをくれている。

「どういたしまして」

ふうと息を吐き、さすがの真琴《まこと》も少し疲れた様子だ。

「わかってると、思いますけど。七森《ななもり》さんの言うこと、気にする必要はないですから。あんなの、ただの言いがかりですし、本人も個人的な感情であることは、認めてましたし……」

「……ああ、そうだな」

俺はできるだけ明るい声で言って、うなずいた。

「ちゃんとわかってるよ。俺自身、別に間違ったことしてるとは思わない。全然、恥じるようなことだとも思わないし……」

……本心を言えば、少しだけ揺れているところはある。

確かに、俺の動機は不純だ。

そこに罪悪感を覚え始めているし、後ろめたい気持ちにもなっている。

もちろん、真琴《まこと》に言うほどのことでもないんだけど。

それよりも、俺には少し引っかかっているところがあって、

「ただ……」

「……ただ？」

「七森《ななもり》さん……負けられないって」

そう言った、彼の表情を思い出す。

「ちょっと辛《つら》そうな顔で、負けられないって言ってたのが……頭に残ってて……」

そのあとに、彼は続けて言っていた。

「――僕には、天文しかない」

「──他に、何か誇れるものなんてなかった」

「──夢中になれるものも見つけられなかった」

「──だから、他に大切なもののある君には、絶対負けられない」


──他に誇れるものがない。

その気持ちは、なんとなく理解できる気がした。

自分の人生で、唯一大切にしているもの。

心の底から大好きで、それさえあれば生きていけると思えるようなもの。

実は……二斗《にと》にとって、音楽がそうだったんじゃないかと思う。

もちろん、あの子は友達も、俺のことも大事にしてくれている。

そのことは、彼氏として日々きちんと実感している。

それでも……彼女が高校生活を何度もやり直したのは、上手《うま》くいくまであきらめられなかったのは、音楽、が主な理由なんじゃないのか。

──生きていけると思った。

音楽との出会いを振り返って、彼女はそう言っていた。

ぼんやりとした苦痛の続く毎日の中で、音楽と出会った彼女は希望を抱《いだ》いた。

それがあれば生きていける。音楽が、わたしに生きるうれしさをくれる。

彼女にとって、音楽はそういうものだった。

どうしたって捨てられないもの。呪いでも祝福でもある、特別な存在。

「──七森《ななもり》さんにとっても、そうなんじゃないかな」

二斗《にと》の話を区切ると、俺は真琴《まこと》にそう続ける。

「七森《ななもり》さんにとって、天文学ってそういうもので。だから今回の研究会も、すごく大事なものなんじゃないかな。それこそ……俺なんかにとってよりも、ずっと」

もう一度、七森《ななもり》さんの表情を思い出す。

あんな風に寂しそうな顔をしていたのは──残念だからじゃないのか。

俺に友情を感じてくれていたのは、間違いない。

彼の中で、俺は大事な友達になりかけていたんだと思う。

そんな相手を──突き放してしまう。

星に対するスタンスの違いで、否定してしまう。

そんな自分に対する寂しさが、あの表情に滲《にじ》んだんじゃないのか……。

「だとしても」

迷う俺に、真琴《まこと》は言う。

「それは、あくまで七森《ななもり》さんの問題であって、わたしたちには関係ないですよ」

「……そうだな」

「彼にとって大事であることを理由に、こちらが遠慮する必要なんてないです。正々堂々戦って、ぶっ倒してやりましょう」

「ぶっ倒すって……物騒な」

「ええ、そうですね」

言って、真琴《まこと》はこちらを覗《のぞ》き込《こ》む。

そして、イタズラな顔でニヤリと笑って、

「わたし……こういう人間ですよ。恨《うら》み辛《つら》みを絶対忘れないタイプです」

「ええ……」

「前の三年間では、そういうとこ見せませんでしたか？」

「そんなに見せなかったなあ……」

「なるほど。先輩の前で、かわいこぶってたのかもしれませんね」

「かわいこぶって、何の得があるんだよ……」

よくわからないその話に、俺はくすりと噴き出してしまう。

……本当に、真琴《まこと》が参加してくれてよかった。

一度目の高校生活もそうだったけど、今回も俺はこの子に沢山の場面で救ってもらうことになりそうだ。

「ふう……」

息を吐き、窓に目をやる。

車内の灯《あか》りに照らされた真琴《まこと》と俺が、ガラスに映っている。

俺の表情は相変わらずどこか不安そうで、迷いを振り払えていないのは明らかで。

俺はもう一度、七森《ななもり》さんの表情を思い出してしまう。

＊

――その日以降も。

真琴《まこと》との、研究会試験の準備は進んでいった。

座学の復習を怠ることはなかったけれど、やっぱりメインは面接の準備だ。

想定される質問集と回答案を作り、真琴《まこと》と二人で模擬面接をやってみる。

「――では、芥川《あくたがわ》さんが今回の研究会に求めるものは何でしょう？　小惑星を探すことを通じて、何を手に入れたいと思っていますか？」

「――はい、わたしは坂本《さかもと》先輩との天体観測を通じて、自分が宇宙の一員である実感を持ちました。ですから、新たな星を探すことで、わたし自身という存在をより客観的に――」

ここまでやる参加校は少ないだろう。

想定した質問や回答も、なかなかのレベルに仕上がっている。

真琴《まこと》の受け答えだって、びっくりするほどスムーズだ。

これ、就活とかでこの感じでしゃべれたら、ガンガン内定出ちゃうんじゃないの……？

もちろん俺も、真琴《まこと》に後れを取るつもりはない。


「——家族で旅行をした、帰りの夜のことでした」

「——自宅へ向かう道で星空を見上げて、父親に色々教えてもらったんです。ここから見える光のすべて。そこに星があって、惑星やその衛星もあって、そんな世界に、自分たちが生きていること」

「——その日から、僕の人生の目標は、小惑星を自分で見つけることになりました」


当時の自分の気持ちを思い返しながら。

あの日見上げた光景を思い出しながら、情感たっぷりにそう話す。

もちろん、ただのお芝居じゃない。そう口に出すと、ちゃんと心が震える。

当時の感動が、古い音楽を再生するようにこの胸を痺《しび》れさせる。

良《い》い受け答えを、できていると思う。少なくとも、それが本心であることは伝わるだろう。

俺の気持ちもわかってもらえると思う。

ただ……今以上を目指すことも、できるんだろう。

本当に俺の本心を伝えるなら、その先の話をするに越したことはない。

「──それから、僕、恋人が、いて」

「──その彼女に、追いつきたいって気持ちもあるんです」

そう──二斗《にと》への気持ち。

七森《ななもり》さんに否定された、その願いだって話すべきだ。

なのに、

「──彼女は、本当にすごい、人なんです。高校生なのに、音楽で……結果を出していて。これからも、どんどん……多分、羽ばたいていく……」

「──そんな彼女のそばに、いられたらって……思って……」

自分でも、わかっている。

わずかに、迷いがあることを。

それが、俺の受け答えにも滲《にじ》み出《で》ていることを。

言葉選びに時間がかかってしまう。言い切るべき部分で、不自然に言いよどんでしまう。

それ以前の話が順調だった分、俺自身躊躇《ためら》いがあることをはっきり感じる。

まあ……致命的な問題では、ないと思う。

これくらいのブレ、審査員にはバレないかもしれない。

バレたとしても感情的になっていたり、緊張していたり、そういうご愛敬《あいきょう》として受け取ってくれる可能性もある。

ただ……やっぱり、動揺してるんだな。

七森《ななもり》さんに言われたことが、自分の中で引っかかってる。

少なからず好感を覚えていた彼に、「嫌い」だと言われて――傷ついているんだ。

「……こりゃ、二斗《にと》関連のことは言わない方がいいかもなー」

当然、そんな心境は真琴《まこと》にもバレバレだろう。

隠してもしょうがないし、笑いながら俺はそう言う。

「別にこの部分、必須でもないだろうし……変に言いづらい感じだったら、言わなくてもいいかもな」

「……そうでしょうか？」

けれど、意外にも面接官役をやっていた真琴《まこと》は、こちらを見上げて首をかしげる。

「確かに、その前の部分もいいですし、そこだけでも戦えるとは思うんですけど……」

「……けど？」

「……わたしは、その」

一度、小さく視線を落とす真琴《まこと》。

そして短く迷うように、言葉を選ぶように間を空けてから、

「……言うべきだと、と思いますけど」

どこかふらつく口調で、そう言った。

「合理的な説明だけじゃなくて、その……気持ちが、ちゃんと伝わりますし」

「……ああ、なるほど」

「少なくとも、わたしは……」

彼女は消え入りそうな口調で。

どこか負けを認めるような言い方で、こう付け足した。

「……心が、動かされた気がします」

「……そっか」

「やっぱり……気になりますか？」

向かいに腰掛けた俺の顔を、真琴《まこと》が覗《のぞ》き込《こ》む。

猫のような目が、存外素直な光を俺に向ける。

「七森《ななもり》さんに言われたこと、忘れられないですか？」

「……だな」

これも、隠したってしょうがない。

俺は素直に真琴《まこと》にうなずいてみせた。

「正直、忘れられそうにないよ。凹《へこ》んでるし、夜中とか結構思い出すし……真琴《まこと》があ言ってくれたのは、本当にうれしかった。でもなんか……あの人の気持ちを、無視することはできない気がして……」

俺はあの人に、二斗《にと》に近いものを感じ取っている。

だからこそ、あんなに仲良くなったところもあったんだろうし、頭から追い出しきることもできないんだろう。

だとしたら、どうすればいいのか。

このままで、本当に試験を突破できるのか。

「……ふん」

背もたれに体重を預け、腕を組む真琴《まこと》。

「なら……しかたないですね」

言うと、彼女はスマホを取り出し、何か調べ物を始めながら、

「こうなったら、策を練るしかないかな……」

「……策を？」

「ええ」

うなずくと、真琴《まこと》はスマホに目をやったままで、

「ちょっと……色々考えてみます」

穏やかな声でそう言う。

「対応を色々考えてみるんで……また、連絡しますね」

「お、おう……」

策を考える……。

一体、どういうことだろう。

試験当日まで、週末を挟んであと一週間程度。

たったそれだけの時間で、一体何をするって言うんだろう。

わからない。予想もつかないんだけど……相手は真琴《まこと》だ。

一度目の高校生活でも今回も、何度も俺を助けてくれた真琴《まこと》。女子中学生にそんな風に頼るのは、期待をするのは、さすがに都合が良すぎると思うけれど。

よくないと思うけれど。

それでも、ちょっとだけわくわくするものを胸に感じながら、俺たちは部室の片付けを始めたのだった。

＊

「――ほら皆、行きますよ！」

そして――その次の週末。

日の沈んだ時刻。

ホテルを軽い足取りで出ながら――真琴《まこと》が俺たちを。

俺と、千代田《ちよだ》先生の方を振り返る。

「絶好の天体観測日和《びより》です！　何してるんですか！　灯台に急ぎましょう！」

珍しく、ハイテンションだった。

歌うような口調と跳ねる髪。

白い頬にもわずかに赤みが浮かんでいる気がする。

そんな彼女を追いながら、

「ちょっと待てって！　俺は荷物も持って……って寒《さむ》‼」

「わ！　ほんとだ……。これは、なかなか……」

建物を出たところで、俺と千代田《ちよだ》先生は思わず立ち止まる。

「風強い……！　せんせ、大丈夫ですか⁉」

「な、なんとか！　カイロ、いっぱい持ってきてよかった……坂本《さかもと》くん、いる？」

「すいません、もらえると……」

「ほらほら、二人とも急いで！」

歩みの遅い俺たちを、真琴《まこと》は酷《ひど》く楽しげにせっつく。

「見てくださいよ！　天の川もめちゃくちゃ見える！　早く行きましょう！」

「……はいはい」

「全く、中学生は元気ねー」

そんな彼女に苦笑しながら、俺と千代田《ちよだ》先生もゆるゆるそのあとを追ったのだった。

——千葉県、犬吠埼《いぬぼうさき》。

俺と真琴《まこと》、そして千代田《ちよだ》先生は、週末を利用して某映画会社（東○）のOP映像でもお馴染《なじ》みのこの場所に来ていた。

目的は——天体観測。

普段の天体観測の特別版として、そして試験直前最後の校外活動として、真琴《まこと》の提案で電車を乗り継いでここまでやってきたのだった。

しかも……泊まりである。

夜中に星を見る都合上、今日中に東京に帰ることはできず。

したがって必然的に宿を取って泊まることになり、千代田《ちよだ》先生にもこうして同伴いただくことになったのだった。

「……良い子だね、芥川《あくたがわ》さん」

彼女の後ろ、少し離れたところを歩きながら。

その背中に目を細め、千代田《ちよだ》先生が言う。

「あの子、坂本《さかもと》くんのこと、心配してるんでしょう？　最近、ちょっと様子がおかしかったし」

「……え、おかしかったですか？　俺」

「うん、なんとなくね」

うなずいて、先生はこちらに笑いかける。

「元気がないとか、そういう感じじゃないんだけど。どこか迷ってるというか、何か考えてる風というか」

「……よくわかりますね」

先生の前では、特にそういう面を見せたつもりはなかった。

というか、顔を合わせるのは部室の鍵を返すときや、天体観測のとき、現代文の授業くらいだ。そこまで会話をしてるわけでも、ないんだけどな……。

「ふふふ、わたし結構、鋭いから」

イタズラにほほえむ千代田《ちよだ》先生。

その表情はどこか幼く見えて、同世代と話しているような錯覚に襲われる。

「もっと言えばー」

と、千代田《ちよだ》先生は口元に人差し指を当て、

「様子が変わったのは、春江《はるえ》高校の子とご飯に行った日以来ね。様子から考えれば、二斗《にと》さん関係で何か言われたり、ケンカみたいになった、とかかな……」

「……」

え、怖いんですけど……。

何なのこの人……なんでそんなところまで読めちゃうわけ？

探偵か何かでもやってたんですか？

マジでもう、この人のいるところでは悪いことできねーな……。

「とはいえ」

愕然《がくぜん》としている俺に、優しい笑みで彼女は続ける。

イタズラなニュアンスの消えた、純粋に楽しげな表情。

「どうしてあの子がここに連れてきたのかとか、そういうのはわかんないけどね。純粋に、気分転換をしようと思ったのか。あるいは、何か他に目的があるのか……」

「そこが、俺にもわかんないんですよね……」

このタイミングで、天体観測を持ちかけてくれたこと。

そしてその場所が校舎の屋上ではなく、関東でも有名な星空スポット、犬吠埼《いぬぼうさき》であること。

きっと、考えていることがあるんだと思う。

それでも、今はまだそれが読めない。

ただはしゃいでいるように見える真琴《まこと》が、何を狙っているのか。

何を目的として、ここまでやってきたのか……。

「……まあでも」

肩にかけた望遠鏡を背負い直す。

鞄《かばん》には双眼鏡やその他観測の道具が入っていて、ずしりとした重みに手が痺《しび》れる。

「そうは言っても、楽しみなのが一番なんで」

言って、俺はマフラーに首を埋《うず》める千代田《ちよだ》先生に笑いかけた。

「今日の観測、期待してたんで。まずは思いっきり、楽しみたいと思います」

「……そうね」

うなずく千代田《ちよだ》先生。

俺たちは視線を前に向けると、

「──も一二人とも、遅いですよー！」

灯台の足下に着き、不満げにこちらに言う真琴《まこと》の方に、足早に歩いていった。

――観測スポットは、灯台の北側。

少し歩いたところにある、砂浜らしかった。

「うわ……もう天の川、ヤバいですね」

「ほんとだ、東京とは全然違うな！」

灯台から浜へ降りていく途中。

見上げると、嘘《うそ》みたいに濃厚な天の川が空を横切っているのが見えた。

そろそろホテルを出て十五分。

暗闇に目が慣れてきたこともあるんだろう。

それでも――開けた視界。周りに灯《あか》りのないこの場所。

屋上で見るよりも遥《はる》かに沢山の星が空に瞬《またた》いていて、俺は背筋に何かが走り出したのを覚える。

そして、

「――ここですね」

到着した、観測スポット。

聞こえる波の音と、遥《はる》か彼方《かなた》まで広がる真っ暗な海。

水平線ギリギリ、目線の高さまで散らばる星と、空の広さ――。

荷物を置き、周囲を見回した俺は――わけのわからない感情の波に呑《の》まれていた。

――全く、感覚が違った。

荻窪《おぎくぼ》の、天沼《あまぬま》高校の屋上から見る星。

春江《はるえ》高校の天文台から見た星。

どちらも綺麗《きれい》だったと思う。永遠に眺めていたいと思えるほど、魅力的だったと思う。

けれど――ここは違う。

見上げれば視界に収まりきらないほどの空が広がり、正面には無限に思える海原《うなばら》が広がっている。どちらが上で、どちらが下かわからなくなる感覚。

目眩《めまい》がしそうで、俺は慌てて足下にぐっと力を入れた。

地球のあり方が、肌で感じられる気がした。

どんなプラネタリウムよりも、どんな天体写真よりも――宇宙が、すぐそこにある。

遥《はる》か彼方《かなた》に銀河があって、星雲があって、ダークマターが満ちていて。

そんなことを、感じられる場所だった――。

言葉少なに、観測の準備をする。

足下は砂浜だ、望遠鏡より双眼鏡を使った方がいいかもしれない。

鞄《かばん》から部の備品である双眼鏡を取り出し、調整する。

そして天の川を向き、レンズを覗《のぞ》き込《こ》むと――。

――星の海が、広がっていた。

そこに、自分もいる気がした。

散らばっている無数の光の粒子。

その濃淡で、夜空は複雑な色合いのマーブル模様だ。

そしてなぜだろう、身体《からだ》が浮くような感覚がある。

体重がなくなって、引力から解き放たれて、身体《からだ》一つで宇宙にいる感覚――。

双眼鏡を目から外しても、その感覚は変わらない。

俺は今、宇宙にいる。

宇宙の片隅、地球。その海辺で、真琴《まこと》と千代田《ちよだ》先生と星を眺めている。

――二斗《にと》のことを思う。

今頃は、東北だろうか。

日本中の街を巡り、自分の音楽を届けている彼女。

きっと、同じ星の下にいる。そう思った。

彼女もきっとこの空の下、遠い北国で息をしている。もしかしたら、俺のことを考えているかもしれない。遠く離れた俺や、俺たちのこれからを考えているかもしれない。
いても立ってもいられなくて、スマホを起動。
星空の写真を撮って、ラインで二斗《にと》に送付した。
意外にも——すぐに既読がつく。
そして、しばらく間を置いてから、彼女からも画像が送られてきた。
ホテルの窓から撮ったらしい、街と夜空を映した画像だ。
かすかに見覚えのある街並みは、仙台だろうか。
以前だったら……遠くにいるんだな、と感じたその画像。
心細さを覚えたかもしれないその距離。
けれど今は——すぐそばに感じた。
この広い宇宙で、同じ星の、同じ国にいるという温度。
彼女の体温を、ほんのり手の平に感じた気がする——。
だから——改めて、思った。
この宇宙のことを、もっと知りたいと。
星を見つけたい、名前を付けたいと——。

それは——あの日以来の、はっきりした感触だった。

旅行の帰り道、父親と星を見たあの日以来。

そう、ここが俺の原点だ。

小惑星を探そうと、そんな願いを胸に抱いた原点。

そして、今の俺には大切なものがもう一つある。

同じ星に生まれた、隣にいる女の子。

彼女のそばに、ずっといつづけること——。

そんな当たり前の感情、その原点を——今はっきりと、掴《つか》めた感触がある。

だから、俺は目の前、東の夜空を眺める真琴《まこと》に言う。

「……ありがとう」

「真琴《まこと》……色々考えてくれたんだな、ありがとう」

きっと、お見通しだったんだと思う。

俺の気持ちが揺れていること。模擬面接で上手《うま》く答えられない理由。

だから、こうして俺の由来を思い出させてくれた。

真琴《まこと》が、俺にもう一度俺自身を思い出させてくれた。

今なら——面接でも話せるかもしれない。俺自身を、願うことを、真《ま》っ直《す》ぐに話せるかもしれない。

「ん？　別に考えてないですよ」

真琴《まこと》は、けれどそう言って軽やかに首を振った。

「ただ、先輩と星を見たかっただけです」

「……本当に？」

「マジで本当です」

真琴《まこと》は──そう言って笑う。

「一緒に、今までで一番綺麗《きれい》な星を見たかったんです」

これまで見た中で。一度目の三年間も含めたすべての記憶の中で、一番素直な表情だった。

「……一番綺麗《きれい》、か」

言われて、俺ももう一度空を見上げた。

「確かに、これが一番かもな。見れてよかったし、ずっとこういうの、見たかった気もする
……」

「でしょう？」

海に向けて数歩歩く真琴《まこと》。

そして、彼女はこちらを振り返り、

「──もう、いいじゃないですか。それだけで」

静かにそう言った。

「先輩は、先輩がしたいことをすればいいですよ」

そう——なのかもしれない。

結局、最初から必要なのはそれだけだった。

高校生活をやり直したのだって、同じことだ。

俺がきちんと向き合わなかった「俺自身」の願いに向かい合うこと。

だとしたら——やるべきことは、はっきりしている。

もう、迷う必要なんてないのかもしれない——。

「……そうだな」

笑って、俺も真琴《まこと》の方へ歩き出す。

「今回も、真琴《まこと》の言う通りだな」

そんな俺たちを、千代田《ちよだ》先生が砂浜に腰掛け、静かに見守ってくれていた。

【Introduction 8.3】

放課後。クラスのホームルームが終わってすぐ。

ぼんやりと、教室の窓から外を見ていた。

高校に入学して一年と少し、わたしも彼も二年生になった。

音楽活動はすこぶる順調。全国ツアーも大成功に終わり、今年の夏はフェスの出演で忙しくなりそうだ。

けれど――心は深く沈んでいる。

――天文同好会が、正式に廃止になった。

同好会の存続条件は、四人以上の部員の存在と活動実績だ。

そのどちらも用意できなかった天文同好会は、昨年度をもって廃止となり。それにともなって部室も学校側に返すことになってしまった。

「……ふう」

頬杖《ほおづえ》を突き、視線の先。

部室棟の、天文同好会部室のあった辺りを眺める。

彼と沢山の時間を過ごした部室。二人だけの秘密の場所。
その隣の準備室は、わたしの隠れ場所でもあった。
やり直しが上手《うま》くいかないとき、こっそりそこを訪れて、一人で時間を過ごす。
そんな大切な空間が──失われた。
彼とは、その少し前から疎遠になっている。
顔を合わせることもなくなったし、話すこともなくなった。
彼氏彼女の関係も、きっと自然消滅してしまっているんだろう。
それを思うと、涙が浮かびそうになる。慌てて指で、目元を押さえた。
それから、もう一つ動揺していることがある。

──彼が、小惑星を見つけなかった。

これまでのほとんどの時間軸で、彼は一年の冬に新たな小惑星を発見。
それが学校で表彰され、大学で天文学を学ぶ、という進路を選んでいた。
ただ……今回、彼は小惑星を見つけていない。
そのきっかけとなった、研究会にすら参加していないようだった。
……きっと、わたしのせいだ。

いつもと同じだ。萌寧《もね》と、六曜《ろくよう》先輩と同じ。
わたしがそばにいるから、彼の人生がおかしくなってしまった――。
そんなわたしの視界に、
「……っ」
見慣れた人影が過《よぎ》る。
教室棟から部室棟へ、渡り廊下を歩く姿。
窓ガラスを経て、ずいぶんと遠くに見えるその後ろ姿。
――彼だ。
そして、
――その横には、女の子がいる。
小柄な身長。短めの金色の髪。今年入ってきた一年生。
名前は……確か、芥川《あくたがわ》真琴《まこと》さん。
どういう仲なのかは知らない。
どういうきっかけで知り合って、どんな関係なのかも知らない。
けれど――知っていることもある。

二人が、元天文同好会の部室である部屋に入り浸っていること。

長い時間を、二人だけで過ごしていること。

そして――、

「――」

「――」

何か会話を交わしている二人。

芥川《あくたがわ》さんが何か言い、彼が笑う。


――彼が、わたしには見せない笑顔を、彼女には見せること。


ぽろっと、目から熱いものが零《こぼ》れた。

わたしは、彼の隣にいられなかった。

坂本巡《さかもとめぐり》の、そばにいるのにふさわしい女の子じゃなかった。

なら、わたしは。

わたしは、これから、

第四話 chapter4

【博物館の戦い】

――『星空の村天文研究会』試験当日。

都内博物館の会議室が、その会場となっていた。

午前九時半過ぎ。電車を乗り継ぎ、俺と真琴《まこと》は会場近くの上野駅に到着。

集合時間の少し前に、指定された博物館の四階、中会議室に入室した。

「ここか……」

「ですね……」

高校の視聴覚室を思わせる、白基調の空間。

広さは、普通の教室より少し広いくらい。

前方には大きなホワイトボードが掲げられ、並んだ白い長机のあちこちに、今日の参加者だろう学生の姿が見える。

「天沼《あまぬま》高校の席は……」

「ああ、ここですね」

指定された席を見つけ、真琴《まこと》と並んで座る。

周囲を見ると、参加者たちはテキストや問題集に向き合ったり、スマホをいじったり、独特のピリッとした空気の中で思い思いに時間を過ごしていた。

――最終的に、今回試験を受けるのは六校。

計十人が、研究会への参加を目指すらしい。

その中から実際に長野へ行けるのは、一校、二名までのみ。

本気の参加者は少ない、なんて聞いていたけれど、こうしてみると皆それぞれ真剣にこの場に臨んでいるように見えて、浮ついている心臓がぎゅっと締め付けられた。

そして、

「──っ！」

会場前方の入り口。

その扉から、見覚えのある男子が入ってくる。

──綺麗《きれい》なさらさらの黒髪。

怜悧《れいり》な顔立ちに、知性を感じさせるメガネ。

春江《はるえ》高校の学ランに身を包んだ──七森《ななもり》さん。

彼は一人で会場の中ほどへ進むと、自分に振り分けられた席を見つける。

天沼《あまぬま》高校のすぐ近く。右隣だ。

当然……俺らがいることにも気が付いた。

「……」

どこか寂しげに笑い、小さく頭を下げる彼。

俺たちも声を上げたりはせず、同じように会釈《えしゃく》を返す。

──もう、動揺はしていなかった。

七森《ななもり》さんが、切実な気持ちでこの場に臨んでいることは理解している。

彼のあり方がどこか、二斗《にと》に似ていることも理解している。

それでも……俺は迷わない。

俺にはたどり着きたい場所があって、そばにいたい人がいる。

確かなその気持ちに、従っていきたいと思う。

「──おはようございます。国立阿智村《あちむら》展望台、職員の長篠《ながしの》です」

時間になり、壇上に係員の女性が立った。

「本日は、『星空の村天文研究会』選考会に参加いただき、誠にありがとうございます。今日はこのあと、午前十時から一時間半の試験。昼休憩を置いて、午後一時から面接、という順番で選考を行わせていただきます。どうぞよろしくお願いします」

あいさつが終わり、早速筆記試験に入る。

問題と解答用紙が配られ、裏返しのままで開始時間を待つ。

──大丈夫だ。

改めて、俺は俺自身にそう語りかける。

ここまでの予習、模擬試験では、俺も真琴《まこと》もほぼ間違いなく満点を取れるようになっている。

本番はあくまで面接だ。

だからここは焦《あせ》らず、普段通りの実力を出せればいいだけなんだ。

「……おし」

小さな声で、俺はつぶやく。

そして、隣の彼女にだけ聞こえるように、

「いくぞ、真琴《まこと》」

「ええ」

係員の女性が「始めてください」と声を上げた。

その場の全員が、同時に問題用紙を表に返す。

そうして――俺たちの戦いが始まった。

*

「――よしよしよし、お互い満点っぽいな」

「ここまでは、予定通り順調ですね」

筆記試験が終わり――昼休み。

上野公園のベンチで持ってきた弁当を食べ終わり、俺と真琴《まこと》は試験の自己採点をしていた。

試験内容は、概《おおむ》ね予想通り。

惑星の視運動やブラックホールに関する理解。

宇宙に於《お》ける生命や、HR図上の星の進化など、きっちり予習してきた範囲に収まった。

おかげで、俺も真琴《まこと》も自己採点は満点。

まずは、ここまでの健闘をお互いにたたえ合う。

「よかったです、先輩の足を引っ張らなくて。あれこれ言っても先輩、天文系の知識はすごいですからね。ずっと不安だったんです」

「いやいやいや、すげえのは真琴《まこと》だって」

自販機で買ったミルクティーを一口飲み、俺は笑ってしまった。

「全然その辺かじったことないのに、一ヶ月で満点だろ。普通にヤバいって、優秀過ぎだろ……」

いやもう、そんなの笑うしかないのだ。

高校生だって解けないこともある問題を、中学生があっさりクリアする。

マジで才能を感じるるし、正直素養だけで言えば俺より遥《はる》かにあると思う。

けれど、

「実際、結構必死にやりましたからね」

素直にそう言って、真琴《まこと》は苦笑いする。

「高校の受験勉強より、全然必死でしたよ。そっちは普通に受かりそうなんで、そこそこ程度でしたけど。こっちは本当に、全力を出しました」

「……そこまでしてくれるとはなあ」

ありがたさと申し訳なさで、俺は手に持った缶をぎゅっと握った。

「実際、真琴《まこと》が参加するって言いだしたときは、ここまでやるとはマジで思わなかったよ。ありがとな」

仮に、真琴《まこと》がいなかったらどうなっていただろうと思う。

俺一人で試験に参加して、俺一人で面接を受けていたら。

わからない、普通に受かったのかもしれないけれど、存外あっさり落ちたのかもしれない。七森《ななもり》さんに動揺させられるくらいだから、何かしら起きてバランスを崩し、上手《うま》くいかなくなっていた可能性もある。

考えてみれば、あのショックから立ち直せたのも真琴《まこと》のおかげなわけで……うん。

やっぱり、こいつが隣にいてくれてよかったなと思う。

少なくとも、俺はこの一ヶ月、真琴《まこと》がいたおかげで楽しかった。

「……というか」

と、そこでもう一度、俺はその疑問に立ち返る。

「マジでなんで、ここまで協力してくれたんだよ？　どうして急に、自分も参加しようと思ったんだよ？」

そうだ、それをまだ教えてもらっていない。

一度天体観測をしてからは、素直に星に興味を持ってくれたこともあるかもしれない。

望遠鏡越しの月に、本気で感動してくれていた真琴《まこと》。

あれが一つのきっかけになって、彼女のモチベーションも上がったのかもしれない。

けれど、それ以前。

そもそもどうして、試験に参加してくれたのか。俺と一緒に研究会を目指してくれたのか。

「そろそろ、教えてくれてもよくね？」

「んー、そうですね……」

考える表情になる真琴《まこと》。

けれど彼女は、しばらくしてこちらに笑いかけると、

「……やっぱり、まだ言いません」

「えー、なんでだよ？」

「面接で言いますから。そういう質問がされたら、ちゃんと本心から答えますから、それを楽しみにしていてください」

「そっかー……」

そう言うなら、まあ待とうと思う。

俺たちの面接スタートまで、あと二時間と少し。

ここまで一ヶ月も待ったんだから、それくらいは我慢しておこうと思う。

そんなことを、考える俺に、

「――やあ」

右手から、覚えのある声が上がった。

「ここにいたんだね」

七森《ななもり》さんだった。

食事でもしてきたのだろうか。コートに身を包みマフラーを巻いた彼が、こちらに歩いてくるところだった。

「……どうも」

「お疲れ様です……」

淡い緊張感を覚えながら、俺たちはそう返す。

別段、彼とは犬猿の仲になったわけではない。

俺の目標を嫌いだとは言われたけれど、関係は友達のまま。俺自身、今も七森《ななもり》さんに対するプラスの感情がある。

だから……戸惑いながらも、俺は彼を無下《むげ》にすることができない。

「どうだった？　試験は」

どこか慎重な口調で、彼はそう尋ねてくる。

「もう、自己採点はしてみた？」

「ええ、一通り……」

「二人とも、満点？」

「ですね、多分」

「やっぱり、さすがだね」

うなずいて、七森《ななもり》さんは笑う。

含みも思うところもない、素直にうれしそうな表情だった。

「七森《ななもり》さんは、どうですか？」

「ああ、僕も満点だったよ」

「ですよね」

そりゃそうだ。もちろん、七森《ななもり》さんも満点だろう。

天文の知識も情熱も十分にある彼だ。俺たちより結果が悪い、なんてことあるわけない。

「ちなみに、周りの他の学校の生徒たち」

余裕の笑みのままで、七森《ななもり》さんは続ける。

「試験難しかったーとか、あそこミスったとか、そういう話をしてる人が沢山いたよ。やっぱり少なくとも、僕らが参加者の中では上位なのは間違いないと思う」

「なるほど、そうですか……」

となると。

やはりこのあとの面接で、俺らはぶち当たることになる。

どちらが研究会に参加できるのか、小惑星を探すことができるのか。

その、最後の戦いで優劣を競うことに。

「面接で」

七森《ななもり》さんが、もう一度口を開く。

「話すことはもう決めた？」

「……ええ」

その問いを真正面から受け止め。

俺は、はっきり彼にうなずいてみせた。

「俺が思ってることを、全部話そうと思います」

「……そっか」

小さく笑う七森《ななもり》さん。

その表情が――酷《ひど》く悲しげで。

何の打算も狙いもない、寂しげな表情で……少なくとも。この人は、俺を本気で友達だと思っていたこと。そうであり続けたいと思っていたことを、肌で思い知る。

「じゃあ」

言うと、手を振って七森《ななもり》さんは去っていく。

「お互いがんばりましょう」

その背中に俺が投げかけると、彼はこちらを振り返り、

「……そうだね」

別れのあいさつみたいな声で、そう言った。

＊

「──天沼《あまぬま》高校、坂本《さかもと》さん、芥川《あくたがわ》さん」

「は、はい……！」

「順番ですので、こちらの部屋へどうぞ」

面接で俺らの出番が来たのは、予定時刻から二十分ほど遅れた頃だった。

どうやら、他校の面接はなかなかに白熱しているらしい。

控え室にいる面接終わりの学生たちは、どこか高揚を抑えきれない様子で帰りの準備をしていた。

七森《ななもり》さんは、既に自分の番を終え帰宅している。

彼はどんな話をしたんだろう。どんな思いを面接官に伝えたんだろう。

そわそわしながら部屋を出て、係の人について歩いていく。

病院みたいな廊下を歩き、「応接室」と書かれた部屋の前で「こちらです」と示される。

ここが――面接会場。

俺たちの運命が決まる場所。

俺と真琴《まこと》は習ってきた通りの作法でノックし、返事を聞いてから部屋に入った。

そこにいたのは――三人の大人たちだった。

男性二人に女性一人。ネームプレートがそれぞれ置いてあり、阿智《あち》村役場の人と天文台の職員さん二人だとわかった。

――鼓動が一気に加速する。

それまでだって、とんでもない速さで鳴っていた心臓。

それがさらにスピードを上げて、手が震えて汗が噴き出す。

「まあまあ、そう緊張しないでください」

村役場の壮年男性、軒下《のきした》さんがそう言って着席をうながしてくれる。

「そんなに堅苦しい場ではないですから。お話しして、お互いのことを知る機会、くらいに考えてもらえると」

「ありがとうございます……」

改めてあいさつしてから、自己紹介をする。

自分が天沼《あまぬま》高校天文同好会の生徒で、真琴《まこと》は中学生であること。

質問されて、普段の活動や同好会の様子、これまでしてきたことも答えた。

軒下《のきした》さんが言ってくれた通り、雰囲気はあくまで和やかだ。

親戚のおじさんたちと話しているような気安い空気感で、俺と真琴《まこと》は活動の紹介をする。

同好会消滅の危機を回避した話は盛り上がったし、動画についても好評で、

「へえ……それは面白いですね」

天文台勤務の女性、筆記試験の監督もしていた長篠《ながしの》さんが目を輝かせた。

「あの、スマホで今、見てみてもいいですか？」

「ええ、それはもちろん！」

食いつきのよさに喜びながら、俺はうなずいた。

「天沼《あまぬま》高校天文同好会で、Ｙｏｕ Ｔｕｂｅで検索すれば出てくると思います」

「ふむふむ……ああ、ほんとだ」

動画が出てきたらしい、長篠《ながしの》さんは隣の男性にも画面を見せながら、何度かディスプレイをタップする。

「おお、万単位で再生されてるのもあるんですね……へえ、動画もちゃんとしてる！」

「お、春江《はるえ》高校との交流もあるんですね」

もう一人の天文台勤務、三十代くらいの男性である柏野《かしの》さんが声を上げた。

「さっき、面接しましたよ、動画にも出てる七森《ななもり》さん」

「彼もすごく熱心だったよね。いいねえ、有力な候補同士、交流があるっていうのは」

――有力な候補。

軒下《のきした》さんがぽろっとこぼした、その言葉。

きっとそれは、率直にそう思ってくれてるんだろう声色《こわいろ》で。

少なくとも、期待してくれている参加者のうちの一つであることを自覚して、もう一度心臓が大きく跳ねた。

そして――面接は進み。

質問は俺たちの過去や、星に初めて興味を持ったときのことに移った。

「――家族で旅行をした、帰りの夜のことでした」

「――自宅へ向かう道で星空を見上げて、父親に色々教えてもらったんです」

「――わたしは坂本《さかもと》先輩との天体観測を通じて、自分が宇宙の一員である実感を持ちました」

「――新たな星を探すことで、わたし自身という存在をより客観的に感じたくて」

ここも反応は上々だ。

三人とも小さく笑みを浮かべ、ときにうんうんとうなずきながら話を聞いてくれた。

そうこうするうちに、予定されていた面接時間が終わりに近づいていく。

向けられる質問も、どこか『今後のこと』にフォーカスしたものになっていく。

そして、

「ふむふむ。ありがとうございます。では……」

軒下《のきした》さんが、そう前置きして一度大きく呼吸をした。

「そんな坂本《さかもと》さん、芥川《あくたがわ》さんですが。どうして、『星空の村天文研究会』への参加を希望してくれているんでしょう？」

ついに——そんな質問が寄せられた。

「坂本《さかもと》さんと芥川《あくたがわ》さんは、小惑星探しを通じて、どんなことが起きるのを期待しているんでしょうか？」

ここに来て——真剣な表情をしていた。

軒下《のきした》さんも長篠《ながしの》さんも柏野《かしの》さんも。

これまでの柔らかな雰囲気から、背筋を伸ばして集中の気配を漂わせる。

その態度で、はっきりとこれが重要な質問だと思い知る。

ここまでの質問でお互い本音で話せる状況を作り、研究会にかける本当の思いを探り出す。

きっとそれが……ここまでの流れの目的だった。

「……僕は」

話し出して——一瞬迷いが生じる。

本当に……俺のすべてを話して、受け入れてもらえるんだろうか。

天文なんて関係のない、二斗《にと》の話。言ってみれば……ありふれた恋バナだ。

そんなものを、ぶつけるべきなのか……。

――意外にも。

俺自身予想外なことに、答えはあっさりと出た。


「今――付き合っている人がいるんです」


はっきりと、俺はそう切り出した。

それも――どこか楽しい気分で。

話したくてしかたない、そんな心持ちで。

「その子が、本当にすごくて。ある活動で今どんどん有名になっているところなんです。もしかしたら、皆さんも知ってるかもしれません」

そう――なんだか、伝えたかった。

俺たちに、小惑星探しの機会をくれるかもしれない人たち。

俺の人生に、千載一遇《せんざいいちぐう》のチャンスをくれるかもしれない皆さん。

その人たちに、本当のことを知ってほしい。

俺が思ってること、目指していること、それをただ話したかった。

「きっと、あの子はどんどん遠い存在になっていく。これからも活躍して、沢山の人に愛されて……特別な女の子になっていく」

言いながら、唇を噛《か》んだ。

一度目の高校生活、離れていく彼女の後ろ姿を見送ったことを思い出す。

彼女が進むのは、もはや決まったことだ。

二斗《にと》が生きている限り彼女はとんでもない高みに上っていく。

その輝きに、一度は足がすくんでしまった。

あまりのまぶしさに視界がハレーションして、身動きさえできなくなった。

でも――、

「でも……いや、だからこそ」

言って、俺は面接官の皆さんに笑いかける。

「俺は――俺の目指す道を、彼女と同じ速度で走りたい」

俺の前には、元々道があったんだ。

二斗《にと》とは違う道。本当にやりたいと願ったこと。

二斗《にと》のそばにいる方法は、一つだけ。

その道を、彼女と同じように駆け抜けることだけだ。

「さっきも話した通り、俺はいつか星に名前を付けたいと思っています。天文学者にも、なりたいと思っています。だから、今この瞬間も全力で進んでいたいんです。彼女に置いていかれないように、ちゃんと前に進みたい。それが――」

前置きして、俺はうなずくと、

「――俺が、星を見つけたい理由です」

――応接室に、短く静けさが降りる。

見れば……うれしげに目を細める軒下《のきした》さん。

長篠《ながしの》さんは「ほー」という顔で俺を見ているし……柏野《かしの》さんにいたっては、目がわずかに潤んでいるように見えた。

――届いた。

はっきりと、そう感じる。

俺の気持ちは、願いは、面接官の三人にちゃんと伝わっている――。

「……ありがとうございます」

深い満足感の滲《にじ》む声で、軒下《のきした》さんが言った。

「では次に……芥川《あくたがわ》さんはいかがでしょう？　今回、高校生と中学生という珍しいコンビですが、なぜ、研究会への参加を希望されたんでしょうか？」

彼の続ける言葉を聞きながら——俺は深く安堵《あんど》していた。

——戦える。

間違いなく——他の候補者と互角以上に戦うことができる。

いや、七森《ななもり》さんや他校の生徒が、どんな話をしたかはわからない。

もっと刺さった人だっているのかもしれないし、比較はできない。

それでも、不安視していたようなことは起きなかった。間違いなく、俺たちは有力な候補で
——、

「——好きだからです」

真琴《まこと》が、ふいにそんな言葉を口走った。

「隣にいる——この先輩が好きだからです」

——好き。

予想外、だった。

あまりにも、予想外の、言葉だった。

「今の話で、皆さんおわかりになったと思います。この人が、どんなに不器用で愚直なのか。どれだけ人のことを真剣に考えて、大事にしているのか」

続ける真琴《まこと》の言葉に、面接官が目を丸くしている。

想定もしていなかっただろう展開に、完全に固まっている。

そして、俺も飲み込めない。

シンプルなその言葉を、どうやっても咀嚼《そしゃく》することができない。

「恋人に対してだけじゃなく、全部に対してそうなんです。わたしにも、他の友達にも。そんな先輩が、わたしは好きなんです」

見れば……真琴《まこと》はその目から、一粒涙を零《こぼ》していた。

それでも胸を張り、口元には笑みまで浮かべて、はっきりと言葉を口に出す。

「大好きなんです」

一度、落ち着こうと思う。

好き、にも色んな形がある。

恋人として好き、家族として好き、友達として好き、人間として好き。

真琴《まこと》の言う好きが、どれなのかはわからない。

「そんな先輩が、わたしに星を見る楽しさを教えてくれた。そして今、自分で新しい星を見つけようとしている」

言うと、真琴《まこと》は面接官に笑いかけ、

「そんなの……一緒にやりたいに、決まってるじゃないですか」

友達にでも話すように、そう言った。

「一番近くで見たいに――決まってるじゃないですか」

――真琴《まこと》が、俺に向けてくれているプラスの感情。

好意。慕う気持ち。大事に思う気持ち。

それを表情から、言葉から、声色《こわいろ》からはっきりと感じ取る。

まだ何もわからないけれど。

その意味を、多分俺はきちんと摑《つか》めていないけれど……胸に宿る熱がある。

一度目の高校生活でも、二度目も特別な存在になりつつある彼女。

真琴《まこと》が向けてくれる気持ちが、俺の心に、柔らかな温かみをもたらす。

「だから――」

言うと、真琴《まこと》は胸を張る。

「わたしは――絶対に研究会に参加したい」

宣言するように、彼女は言った。

「先輩と一緒に、小惑星を探したいんです——」

＊

面接を終え——戻ってきた控え室。

椅子にぐったりと腰掛け、

「……さすがに、疲れましたね」

「……だな」

俺と真琴《まこと》はこぼし合う。

「試験に面接……ずっと気を張ってたもんな」

「ええ、そうですね……」

全身に、弛緩《しかん》しそうな疲れが満ちていた。

立ち上がるのも難儀だし、頭だって上手《うま》く回ってくれない。

今日はこれで完全にエネルギー切れだ。さっさと帰って寝てしまおう。

「マジで動けなくなる前に、帰るか……」

「ですね……」

ゆるゆると荷物をまとめ、椅子を立つ。

周囲の学生やスタッフさんにあいさつして、博物館を出る。

見上げると――上野公園の木々の向こう。

荻窪《おぎくぼ》よりもずっと広い空は、傾いた日に青紫に染まっていた。

言葉を交わすこともなく、真琴《まこと》の隣をゆっくり歩く。

――今は、このままでいいんだろうと思った。

面接で真琴《まこと》が言っていたこと。好きという言葉の意味。

それが気にならないといえば嘘《うそ》になる。

思い出せばドキドキしてしまうし、隣の真琴《まこと》がこれまでと違う女の子のように感じられる。

……それでも。

面接が終わってから今まで、彼女は一度もその話を振ってこない。

なら……今のままでいい。

俺たちの関係は、きっと間違っていない。

このままで、いいんだと思った。

「……ふう」

息を吐き、もう一度空を見上げる。

薄い雲が流れて、東の空が群青《ぐんじょう》に染まっていく。

……この色合いを覚えておこう。

ふいに、そんなことを思った。

忘れたくない、十代の頃の一瞬として。永遠に消えない記憶として。

俺の中に、残しておこう。

きっと今日は、俺にとっても真琴《まこと》にとっても、そんな大切な一日──。

＊

「──せんせ、鍵っす」

「はーいお疲れ様」

翌週。通常営業に戻った、天文同好会の活動後。

いつものように部室の鍵を戻しに、俺は職員室の千代田《ちよだ》先生を訪れていた。

「それじゃ、お先に失礼しまーす」

「あ、ちょっと待って。渡すものあるから」

「ん？　渡すもの……？」

何だろ？　授業のプリントとかかー？　なんて考えていると、

「はい、これが研究会の概要で、これが地図」

先生は、印刷物の束を手に取り一枚ずつ渡してくる。

「これが全体のスケジュールで、こっちが事前にやっておいてほしいこと。それから、これがご両親に記入いただきたい同意書で、こっちが個人情報に関する書面ね？」

「……ん？」

受け取って、紙に書かれていることに目をやった。


『星空の村天文研究会・概要』

『阿智村《あちむら》展望台へのアクセス』

『小惑星探索の事前準備』


「……こ、これって……」

「うん」

状況を理解し始めた俺に、千代田《ちよだ》先生がうなずく。

「受かったよ」

その顔に満面の笑みを浮かべ、先生はそう言った。

「星空の村天文研究会──坂本《さかもと》くんと芥川《あくたがわ》さんが、参加者に選ばれました」

「――いぃよっしゃあああぁあああぁあああ！」

――大声が出た。

突然の朗報に――反射的に大きな声が出た。

周囲の教師たちが驚いてこちらを見る。

けれど、うれしさを止められない。

拳を握り声を上げ、その場にぴょんぴょん跳ねてしまう。

「よし！　よし！　これで……星を探せる！　二斗《にと》に追いつける！」

――選んでもらえた。

俺と真琴《まこと》が、面接官の皆さんに選んでもらえた。

そのことが……泣き出しそうなほどにうれしい。

小惑星を探す機会をもらえたこともそうだし、努力が実ったこともそうだ。

俺たちを、認めてもらえたような気がした。

ありのままをさらけ出したあの面接で、俺と真琴《まこと》を評価してもらえた。

人そのものを肯定してもらえたみたいな。俺たちの願い自体を、評価してもらえたような達成感――。

「おめでとう、坂本《さかもと》くん」

そんな俺を止めようともせず、千代田《ちよだ》先生は俺にほほえんでいる。

「本当にがんばっていたものね、わたしもうれしい」

「ええ、ありがとうございます……！」

資料の説明を受け、もう一度頭を下げて職員室を出る。

そして――昇降口へ向かう途中。

待ちきれなくて、俺はスマホを手に取った。

校内で通話は禁止だけど、今日ばっかりは我慢できない。

この朗報を、一秒だって早くあいつに伝えてやりたい――。

慌ただしくラインを起動して、真琴《まこと》に通話をかける。

数コールあって、すぐに真琴《まこと》は出てくれた。

『もしもし？』

スマホから響く、怪訝《けげん》そうな声。

ライン通話なんて、この時間軸では初めてだ。

ちょっと混乱している様子。

「おい、受かったぞ！」

『え？』

「俺らが受かった！　『星空の村天文研究会』の試験！」

短く間が空く。

息を呑《の》むような、事実をかみ砕くような短い時間。

そして、

『そうですか』

——思いのほか、穏やかな声だった。

『よかったです』

「えー、おいおい、冷静だなー真琴《まこと》」

自分とのテンションの落差に、なんだか笑ってしまった。

「もうちょい喜んでもいいんじゃね？」

『喜んでますよ。とても。でも』

と、そこで一度言葉を切ってから、

『わたしは、わたしたちが受かると思っていたので』

声に自信を滲《にじ》ませ、はっきりとそう言った。

『最初から、こうなると思っていたんで、意外ではありません』

「……そっか」

なんだか、笑い出しながらそう言ってしまった。

こいつ、こんなに自信家でもあったんだな。

二度目の高校生活で、真琴《まこと》の新しい面がどんどん見えてくる。

本当に、一度目はどれだけ沢山のことを見落としてきたんだろう。今更になって、俺は当時の自分が大損をしていたことを理解した。

『──絶対見つけましょう』

深く揺るぎない声で、真琴《まこと》は言う。

『先輩とわたしで、絶対に小惑星、見つけましょう』

その静かな声色《こわいろ》は、その未来を確信しているように聞こえて。

真琴《まこと》には、俺と彼女が小惑星を見つけるビジョンが既に見えているように思えて、

「……ああ、そうだな」

敵《かな》わないなと苦笑しながら、俺はスマホ越しにうなずいたのだった。

＊

──その晩。

七森《ななもり》さんから、ラインメッセージが届いた。

七森拓也《ななもりたくや》『試験の結果を聞いたよ』
七森拓也《ななもりたくや》『坂本《さかもと》くんたちが合格したんだってね』
七森拓也《ななもりたくや》『おめでとう』
巡《めぐり》『ありがとうございます』
巡《めぐり》『あのー、こんなこと言うと、ムカつかれちゃうかもしれないんですけど・・・』
巡《めぐり》『七森《ななもり》さんのおかげな部分も、マジであると思うんで・・・』
巡《めぐり》『ありがとうございます・・・』
七森拓也《ななもりたくや》『いやいや、君たちの実力だと思うよ』
巡《めぐり》『そうですかねえ・・・』
七森拓也《ななもりたくや》『だから、絶対見つけてきてね』
七森拓也《ななもりたくや》『小惑星』
巡《めぐり》『精一杯がんばります！！！』

そして、数分の間を空けたあと、

七森拓也《ななもりたくや》『僕も』
七森拓也《ななもりたくや》『色々考え直してみるから』

巡《めぐり》『そうですか・・・』
七森拓也《ななもりたくや》『だから、もしよかったら』
七森拓也《ななもりたくや》『また一緒に』
七森拓也《ななもりたくや》『天体観測できるとうれしいよ』

そのメッセージに——俺は思わず破顔しながら。
ベッドの上でジタバタしながら、一文字ずつ気持ちを込めて返信を送った。

も、ち、ろ、ん、で、す、！

【Introduction 8.4】

「――違う違う！　今のところ、ちょっとやってみてもらえます？」

ツアー前、リハーサル中のスタジオは重い空気だった。

リズム体のアンサンブルがどうにも噛《か》み合《あ》わない。

四分打ちのダンサブルな曲なのに、ノリがどうしても十六分で細かくて、全く踊れない。

レコーディングでは他の人に叩《たた》いてもらったけれど、ツアーは今のドラマーさんにお願いするしかなくて、わたしはピアノの前に腰掛けたまま指示を出す。

「サビ前のフィルからでいいんで。はい、サビを通して」

「……了解です」

「すいません」

ドラマーとベーシストが気まずそうにうつむいた。

こんな風にお願いして、申し訳ないと思っている。

わたしは十七歳。高校三年生になってすぐ。

対する二人は三十代も後半で、親子であってもおかしくない年の差だ。

小娘にきつい言葉で指示されるのは、さぞかし腹立たしいだろう。

それでも——こうするしかない。

何度もループして、わたしは理解している。

このツアーが成功しなければ、わたしの評価はそこから下がり始める。一気に再生数も販売数も急減して、インテグレート・マグも継続できなくなる。

結果として……曲を。

わたしが、新しい曲を世に放てなくなる。

そんなの、生きていないのと同じだ。

音楽があるから、生きられると思った。

この人生をしのいでいけると思った。

だから、わたしがわたしであるためには、こんな風にするしか——、

「——ストップストップ！」

二人がサビを始めてすぐ——わたしは演奏を中断させる。

「だから……四分なんです！　ドッ、タッ、ドッ、タッ！　リズムを強烈にやるのが最優先、細かいグルーヴ出さないで！　バスドラもうちょい食って、スネア後ろ気味にしないといつもの十六分のノリになって——」

——こんな風にしたいんじゃない。

こんな風に、人を責めたりしたいんじゃない。

なりたいわたしは、こんな人間じゃなかった。

けれど、今のわたしにはこうする道しか残されていない気がして。

視野も狭くなって思考も凝り固まって、別のやり方なんて見つからなくて。

「——もう一回！　頭から全員で！」

ピアノに手を置き、わたしは言う。

「できるようになるまでやります。カウントから」

固い表情で、ドラマーがカウントを始める。

四つスティックが鳴ったら、全員で演奏を始める。


——坂本巡《さかもとめぐり》。

今ではほとんど会うことのなくなった彼。

今でも忘れられない、大切な、あの人。

どうか——彼だけは。

彼だけは、幸せであってくれますようにと、わたしは願う——。

第五話　chapter5

【If we could be Canis Minor】

——金色の髪が、真冬の朝日に煌《きら》めいていた。

「おはようございます、先輩」

「え、ま、真琴《まこと》……」

星空の村天文研究会、開始当日。

荻窪駅《おぎくぼえき》前。早朝、午前七時。

集合時間の通りにやってきた彼女に、俺は目を疑っていた。

「お、お前、その髪……」

「……ああ、これ」

はにかむように笑うと、真琴《まこと》は髪を摘まんでみせ、

「冬休み限定で、気合いを入れようと思って」

イタズラな表情で、俺を見た。

「ちょっとの間だけ、不良娘です」

——金色になっていた。

つい先日まで黒かった彼女の髪が——金髪になっていた。

綺麗《きれい》に色が抜かれて、さらさらのボブヘアー。

傷《いた》んだりダメージを受けたりしていないのか、一本一本が風に吹かれながら穏やかな光を纏《まと》っている。

普段はぶっきらぼうなその表情も、この瞬間はどこか恥ずかしげで。

薄い唇は緩み、目も幸福そうに細められ、俺は短く見とれてしまう。

新鮮——なはずの、真琴《まこと》のその姿。

けれど、不思議な感慨がある。

だって、

「……先輩、言ってたでしょう？」

真琴は、静かにそんな風に続けた。

「わたし、高校では金髪になるって。それが、すごく似合うんだって」

「……だな」

「どうです？　良《い》い感じですか？」

「……うん、めちゃくちゃ似合う」

一度目の高校生活。

二年目に天沼《あまぬま》高校に現れた真琴《まこと》は、最初から金髪だった。

真琴《まこと》と言えばそのイメージが強くて、むしろこっちで黒髪なのが新鮮にさえ思えていた。

それが——今目の前にいる真琴《まこと》。

その髪が金色であることに、俺は奇妙な感覚を覚えている。

見た目は一度目の真琴《まこと》なのに、関係性は二度目の今回のもの——。

俺の時間移動を知り、相談に乗り、研究会の勉強を一緒にしてくれた。そのうえ面接で、俺を好きだと言った真琴《まこと》──。

「……何ぼんやりしてるんですか」

俺の顔を覗《のぞ》き込《こ》み、真琴《まこと》はくすくす笑う。

「これからが、わたしたちの本番なんですから。そんな調子じゃ、先が思いやられますよ」

「あ、ああ……そうだな」

うなずいて、真琴《まこと》の言う通りだと思う。

小惑星探し、その本番は今日から始まる一週間の観測だ。

真琴《まこと》の言う通り、気合いを入れて臨まないと──。

「じゃあ──行くか」

「ええ」

うなずき合うと、俺たちはそれぞれバッグを肩に担《かつ》ぎ、改札へ歩き出した。

──中央線で東京駅まで出て、新幹線に乗り換える。

今回の目的地である阿智村《あちむら》には、東海道線で名古屋まで行った上でバスに乗り向かうことになる。

そして、出発した新幹線内。

静岡の街が車窓を流れていくのを横目に、改めて真琴《まこと》とスケジュールを確認する。

「日程は、今日十二月二十六日から三十日までの四泊五日」

資料を指差しながら、俺はそう言った。

「五日目は昼前に阿智村《あちむら》を出るから、観測できるのは実質四晩だな」

「うんうん」

「その四回の観測で、星の動きを見て未発見の小惑星がないか、候補を探す。研究会中にできるのは、その候補探しまでだ。できればそれを、いくつか見つけたい」

調べてみたところ、沖縄の観測会では二〇一三年に四つ、二〇一六年に三つの候補天体を発見。それぞれそのうちの二つと一つに、仮符号《かりふごう》が与えられたそうだ。

見つける候補数は、多いに越したことはない。

「で、その候補って、天文台の人が必要な場所に報告してくれるんですよね」

「そう、国際天文学連合の小惑星センターな。で、そこで二晩観測されて軌道要素が決定されたら、仮符号《かりふごう》ってのが付けられる。今だと、2020Yから始まる仮符号《かりふごう》だ」

実は、この仮符号《かりふごう》が個人的にちょっと憧れだったりする。

なんか……かっこよくね？

自分が見つけた天体に、数字とアルファベットの名前が振られるのうれしくね？

学問の世界に足跡を残せた感じというか。

科学をちょっとガチめにかじれた感じがするというか……。

だからごく個人的にも、今回の観測ではなんとか仮符号《かりふごう》をもらえるところまではいきたい気持ちがあります。

「で、そこからは結構時間がかかるんだ」

スマホで『高校生、新小惑星を発見！』のニュースを表示しながら、俺は続ける。

「継続しての軌道確認が必要だし、命名までは数年かかる。ほら、この沖縄の観測でも、発見から命名まで四年かかったのかな」

「なるほど……長い」

確かに、四年って期間はまあ長い。

高校生活三年よりも長いし、正直俺からすれば遠い未来だ。

だから、実際の命名は体感的な目標っていうよりも夢に近い。

実際、軌道確認の段階で既知の小惑星だったとわかるパターンもそこそこあるし、もうちょっとロングスパンでの目標と捉えたい。

「ということは」

と、真琴《まこと》がまとめるような表情で、

「今回の観測では、仮符号《かりふごう》をもらえる天体を探すのが目的になるわけですね」

「その通り。ちなみに、三十日まで長野の天気は快晴。そのうえ阿智村《あちむら》は、日本一の星空を謳《うた》うほど、夜空が綺麗《きれい》なことで有名なんだ」

「絶好の天体観測シチュですね」

ああ、と俺は力強くうなずく。

「だから、そこで絶対に候補を見つけて——三十日」

言うと、俺は窓の外。

向こうに見えた富士山《ふじさん》に目をやって、

「二斗《にと》の、名古屋公演を見に行く」

——名古屋公演。

三十一日の年越しカウントダウンフェス参加の前日。

二斗《にと》は、ツアーの後半戦として名古屋でのライブを予定している。

俺と真琴《まこと》は、彼女に関係者としてそのライブに招待されていた。

だから——そこで、結果を見せたい。

二斗《にと》に、俺が星を見つけたんだって。

名前を付けられるかもしれないんだって、伝えたい——。

「だから……よろしくな」

改めて、俺は隣の真琴《まこと》にそう言った。

「大変なこともあるだろうけど、一緒にがんばろう！」

「……ええ、任せてください」

真琴《まこと》は胸を張り、自信満々の顔で。

けれど――どこか表情に、かすかに苦しげな笑みを浮かべて、俺にうなずいてみせたのだった。

＊

「――やーどうも、お久しぶりです！」

「遠いところから、ありがとうございます！」

パーキングエリア内。目的地のバス停を降りたところで。

到着した俺たちを出迎えてくれたのは、先日も面接をしてくれた三人だった。

「どうも！　こんにちは！」

「この度は、よろしくお願いします」

「いえいえー、こちらこそよろしくお願いします！」

「疲れたでしょう？　早速、宿の方に案内しますね！」

今回、研究会期間中の宿や食事、その他一切の生活のことは、村役場が世話してくれることになっている。

泊まるのは、天文台近くの民宿だ。

いくつか候補を出されて、結構高級な旅館なんかも勧められていたのだけど、真琴《まこと》と相談して利便性を取らせてもらった。

とはいえ料理は信州名物がたんまり出るとのことで、今から楽しみにしている。

「東京からは、結構時間がかかったでしょう？」

「そうですね……四時間くらいですかね」

宿への道すがら。村役場の壮年男性、軒下《のきした》さんがそんな風に話を振ってくれる。

「けど、長閑《のどか》で良《い》いところですね」

「な、星を見るのにぴったりだよな」

「天体観測ツアーなんかも、組ませてもらっていまして。結構好評なんですよ、毎年何万人も集まって……」

「何万⁉　すご……。ちなみに、ここしばらくの天気はどうですか？」

「ふふふ、ばっちりです」

言って、軒下《のきした》さんは人差し指と親指でＯＫサインを作ってみせる。

「どうなるかなーと思ってたんですが、おとといは快晴。昨晩はちょっと雲が出たんですが、長年住んでる勘では今夜からはしばらく大丈夫ですね！　しっかり小惑星、探していただけるかなと」

「マジですか、よかったー！」

談笑するうちに、宿に着いた。

傍《はた》から見る限りでは、大きめの一軒家に見える民宿だ。

せっかく遠出したんだからもっと良《い》いところに泊まればいいのに、と思われるかもしれない。

けれど、これくらいの素っ気なさの方が変に浮ついたりしないで観測に集中できそうで、満場一致（二人だけど）でこの宿に泊まらせてもらうことになった。

それぞれ、割り当てられた部屋に荷物を置く。

両親の実家を彷彿《ほうふつ》とさせる、畳の六畳の部屋。

ノスタルジックな気分に胸を打たれつつ、お茶を飲んで一息入れてから天文台へ向かう。

今日はまず、日が出ているうちに観測方法を勉強。

日が沈んで準備ができ次第、実際に小惑星探しを始める予定だ。

「ちょっと、ここからしばらく歩くんですが」

民宿を出ると、長篠《ながしの》さん、柏野《かしの》さんに先導してもらい山を登り始めた。

「徒歩が一番効率いいので、ここだけちょっと我慢いただければと」

木々は生えておらず、見通しのいい急な坂道。

割と都内の道を沢山歩いているタイプだから、これくらいは苦にならない。

ただ、真琴《まこと》はあまり体力がないのか、必死に俺たちに食いつきながらも息を荒くしていた。

数十分ほど斜面を登り、道の向こうに見えてきたのは、

「おお……！」

「あそこですか……」

全体的に、コンクリート調。

できて間もないんだろう、綺麗《きれい》な角張った建物だった。

ぱっと見の印象は、研究所か観測所、といった感じだろうか？

そのデザインの素っ気なさは実用性の高さの裏返しな気がして、オタクとしてはちょっとテンションが上がる。

そして――その一角。

こちらから見て左側には、半円方の構造物が。天文ドームが見て取れる――。

「ここが」

と、長篠《ながしの》さんがどこかうれしそうに紹介してくれる。

「阿智村《あちむら》天文台です。坂本《さかもと》さんと芥川《あくだがわ》さんには、今日からここで新しい小惑星を探してもらうことになります」

――阿智村《あちむら》天文台。

数年前に建設された、国内でも最も新しい国立天文台だ。

運営は国立天文台、長野県、NPO法人信州星を見る会、信州理化学大学など。天文シアターや一〇五センチの光学赤外線望遠鏡を備えたその施設は、今現在の最先端と言ってもいい。

「では、到着早々ですが――」

こちらを振り返り、長篠《ながしの》さん、柏野《かしの》さんたちが笑う。

「――ざっと施設の案内をして、観測方法のレクチャーに入りましょう！」

＊

案内のあと、やってきた会議室。

何度かの休憩を挟んで行われた観測方法のレクチャーにて。

「――基本的に、小惑星は発見され尽くしています――」

「――一九六〇年から一九七七年にかけて行われた掃天観測《そうてんかんそく》で――」

「――他にも、アマチュアなど多数の愛好家が毎夜小惑星帯に目を光らせていて――」

長篠《ながしの》さん、柏野《かしの》さんは俺たちに必要な知識を熱心に説明してくれた。

背景の基礎情報や、光学望遠鏡を使った撮影と、画像のチェックなど、具体的な毎晩の作業まで。

「──撮影したデータを、専用のソフトに取り込みます──」

「──こんな感じで、他の星と動きが違うものが小惑星と思われます。既知の天体には、こんな風に印が付いて──」

「──仮符号《かりふごう》をもらうには、最低二晩の観測が必要です。最終日に見つけたときには、翌晩わたしたちが観測を引き継ぐので──」

その口調は、学校の先生に比べるとたどたどしい。

けれど、その不器用さが『現場の人』の匂いに思えて。

実直で、けれど優しそうな表情には素直に好感を覚えて。

俺と真琴《まこと》はその話に耳を傾けながら、教えてもらったことの要点をノートに書き写していく。

実を言うと……この観測方法、俺はあらかじめある程度知っていた。

沖縄の観測会の情報はネットにいくらでも転がっているし、新聞記事や解説、天文台の人が公開してくれている動画はチェック済み。

どうやら基本的に、あちらと同じような方法で俺たちは小惑星を探すらしい。

あとまあ……実はお気に入りの漫画で、小惑星を探すシーンがあったりする。

それこそ、沖縄のをモデルとした観測会で、主人公の女の子たちが協力して天体観測をするのだ。その描写はかなりリアルで、「俺がここにいたら……」なんて何度も想像してきた。

ありがとう！『恋する◯惑星《◯ステロイド》』！本当に良《い》い漫画です。

そして、

「——最終的には、時間と運との戦いでしょうね——」


その日の講義の最後。

何かに挑むような表情で、長篠《ながしの》さんは言う。

「どれだけの範囲を観測できるか。そこに未知の天体が映っているか。これはもう、技術や努力ではなんとかならない話です」

深く実感の籠もったその言葉。

長篠《ながしの》さん自身、そんな場面に何度も行き当たってきたんだろう。

技術や努力が実らない領域。

自分の願いや気持ちが、届かない場所——。

学校生活では、そういう不条理に行き当たることはほとんどない。

試験に出される問題には合理的な回答が用意されている。努力をすれば少なからずそれが認められて、結果だって着いてくる。

ハッピーエンドを、きちんと自分で引き寄せることができるんだ。

けれど、ここではそうはいかない。

どんなに努力しても、叶《かな》わないことがある。

叶《かな》わなかったそれを、あっさり誰かが奪っていったりすることもあるんだろう。

そういう際《きわ》に、今夜から俺たちは触れることになる。

そしてそれは――と。俺は、顔を上げ窓の外を見る。

雪の積もった長野の山々。白と濃い緑のコントラスト。

その場所は――二斗《にと》がいる場所と同じなんだろう。

音楽家としての彼女が、戦い続けているのと同じステージ。

だから、そこに俺も立ちたいと思う。

大事なものをかけて、その舞台で戦う。

理不尽な失敗もあるだろう、敗北もあるだろう。

それでも俺は——そうしたいと思う。
二斗《にと》の気持ちを、この皮膚で、この胸で、感じたいと思う。

＊

「——ちょっとだけ、お話ししません？」
真琴《まこと》が、民宿の部屋にやってきたのは——夕食のあと。
お風呂《ふろ》にもざっと入ってしまい、そろそろ天文台へ向かう準備を始めた頃だった。
講義を終えた俺たちは、食事やら諸々《もろもろ》の身支度のため一旦民宿に戻ってきている。
このあと、改めて天文台へ向かい、ついに初日の観測を始める予定になっていた。
「ああ、いいけど……」
スウェットにロングスカート。
化粧は一切していなくて、どこか無防備な印象の真琴《まこと》にうなずいた。
な、なんというか。
この部屋にこういう格好の真琴《まこと》が来るの、ちょっとドキドキするな……。
畳の敷かれた六畳間。
どこか懐《なつ》かしい印象の蒲団《ふとん》が敷かれ、ちゃぶ台が中央にある。

床の間にはガラスケースに入った日本人形が置かれていて、醒《さ》めた表情の彼女だけが俺たち二人をじっと監視している。

そういう場に男女二人だけでいるの、なんかちょっと意味深に感じられるというか……。

「とはいえ、そろそろ出るからあんまり時間ないけどな」

「ですよね。大丈夫です、そんな長くはかからないですから」

「おけ」

真琴《まこと》が俺の前、ちゃぶ台の向かい側に座る。

そして、存外あっさりと、ほとんど世間話のような声色《こわいろ》で、

「面接のときの話」

そう切り出した。

「わたし、先輩のこと好きだって言ったじゃないですか」

――面食らった。

そんなにあっさりと、切り出すとは思っていなかった。

あの日以来、話題に上がることもなかったそのフレーズ。

それをこんな場面で、当たり前みたいに、普通に口にする真琴《まこと》――。

「……そんな顔しないでくださいよ」

俺の動揺に気付いたのか、真琴《まこと》は笑う。

「別に今日、この場でどうこうってわけでもないので」

「そ、そっか……」

止めていた息を一気に吐き出し、俺は一度肩の力を抜く。

「ごめん、ちょっとビビって」

「あはは、すいません突然で。あの」

と、真琴《まこと》は小さく首をかしげて、

「ここまで、掘り下げないでいてくれて、ありがとうございます」

うれしげにほほえんで、そう言った。

「正直、わたしもあそこで言うつもりはなかったんです。もうちょっと、オブラートに包むというか、匂わす程度にするつもりだったんです。でも、言いたくなって。あの場面では、包み隠さず話したいって思いました。誰かのためとかじゃなくて、わたし自身のために」

「その気持ちは、確かにわかるよ」

面接の空気を思い出しながら、俺は彼女にうなずいた。

小惑星を探す理由。

それをサポートしてくれるかもしれない人たちに、どう説明をするのか。

あの場面では——嘘《うそ》は言いたくなかった。

そこで何かをごまかせば、一生自分の気持ちを偽ってしまいそうな気がした。

「完全に、予定外でしたからね」

そう言って、真琴《まこと》は笑う。

「だから、今日までそのことに触れないでくれて、助かりました」

「……まあ、ビビってただけなんだけどな」

そろそろこの空気に慣れ始めて。俺も彼女に笑い返しながら、そう答えた。

「どうすればいいかわからないし、そっちの意図もわからなかったし。正直言えば、半分流しちゃってた感じかもしれん……」

「えー、だったらダメじゃないですか。一旦受け止めてはくださいよ」

「だよなー、申し訳ねえ」

「反省してください。先輩、これからもそういうこと、あるかもなんですから」

「おう……」

「でも……ありがとう」

そう言って、真琴《まこと》がもう一度笑う。

頬が緩み、目を細め、光を滲《にじ》ませるようにほほえむ。

「避けたり遠ざけたりしないで、そばにいてくれてありがとう。そのことに、お礼を言っておきたかったんです」

「……どういたしまして」

ちょっと迷ってから、俺もそう答えた。

「こっちこそ、こんなところまで一緒に来てくれてうれしいよ」

そこまで言うと——スマホのアラームが鳴った。

そろそろ、出発の時間だ。

天文台に向かって、今夜の観測を始めないと。

「……ちゃんと、終わったら話しますから」

立ち上がり、部屋の出口に向かいながら。

こちらを振り返り、真琴《まこと》が言う。

「もう一度、改めて気持ちを伝えますから。もう少しだけ、このままでいさせてください……」

「わかった」

心臓がもう一度跳ねるけれど。

「あとは、全部終わってからな」

どんな顔をすればいいかわからなくもなるけれど、そうしよう。

しばらくは、真琴《まこと》が望む仲であろうと、俺は決意する。

＊

――真琴《まこと》と二人、天文ドーム前に到着した。

これからしばらく、ここが俺たちの戦場になる。

『望遠鏡観測室』と書かれた札の下、重い金属製の扉を開け、

「よろしくお願いします！」

「お願いします」

まずはそんな風にあいさつした。

「こっちこそよろしく」

「よろしくねー」

既に準備を進めていた職員さんたちが、にこやかに返事を返してくれる。

見上げれば――頭上を半球型のドームが覆っていた。

それぞれの方角に貼られた『東』『西』『南』『北』の札。

一部のドームは可動部分が開き、長方形の隙間から長野の星空が覗《のぞ》いている。

まだ目が慣れていないのに、それでもはっきりわかる星の多さと眩《まばゆ》さ。

大きく息を吸い込むと、コンクリートと機械の匂いが混ざった無骨《ぶこつ》な香りがした。

円形のその部屋の中央には、大きな望遠鏡が据え付けられている。

口径一〇五センチ。

その主鏡部、服鏡部は、ドームの隙間から星空を向いていた。

これが——俺たちの目の代わりになり、小惑星を探してくれることになる望遠鏡だ。

部室にあるものとは全く違う、ロボットみたいな巨体と重厚感。

頼もしさとわくわく感に、思わず口元が緩んでしまった。

その脇の階段を上り、作業スペースに向かう。

片隅に据え付けられたデスクとパソコン。

長篠《ながしの》さん、柏野《かしの》さんがそこで俺たちを待ってくれていた。

「いよいよですね」

「ここから、実際に小惑星を探していきますよ」

「……はい！」

慣れた様子の二人に、そう返してうなずいた。

「早速、一度目の撮影データを用意してあるので、チェックしていきましょう」

言われて、俺と真琴《まこと》は用意された椅子に腰掛けた。

そして——ディスプレイ。

データが表示されているというそれに、意を決して目をやると、

「……おおお」

まず、三枚の画像データが並んでいるのが見えた。

暗い背景色の上に、無数の光の点が並んでいる画像たち。

ぱっと見、それが星空の写真であるようには見えない。

光の数が多すぎるし、『海中の微生物の写真だ』とでも言われた方が納得感がある。

けれど――これまで、雑誌やネットで事前に勉強してきたからわかる。

これはまさに、現在の夜空の高解像度の画像なんだ――。

「この辺りが太陽の反対側、つまり今の『衝《しょう》』の写真で」

予想通り、長篠《ながしの》さんがそう説明してくれる。

「これに加工をかけて、ソフトに取り込んだのがこれ」

パソコンを操作する長篠《ながしの》さん。

さっきと打って変わって、白い背景に無数の点が浮かぶ画面が表示される。

これも、さっきの画像と同じく現在の星空だ。星をチェックしやすいように背景が白、天体と思われるものが様々な色の点で表示されている。

三枚の画像が時系列順に再生され、ソフトが星の動きを自動で検知する。

「この四角で囲まれたのが、恒星ではない天体の候補だね。これ、こうやって赤で囲まれてるのは既知の天体で、それ以外の青いのが未知の天体候補」

「ええ……割とありますね」

画面を覗《のぞ》き込《こ》み、俺はいくつもある青い四角に驚いてしまう。

「もっと候補の天体って、少ないと思ってたんですけど……」

「ああ、これはあくまで『天体かも』って点が捉えられているだけなんだ」

柏野《かしの》さんが、困ったような笑顔でそう言う。

「ノイズとか色々映り込んじゃうから、動きを見て小惑星の可能性があるかどうかを判断しなきゃいけない」

「……なるほど」

そうなると——確かになかなか骨の折れる作業になりそうだ。

無数にある点、ランダムにも見える動き。

その中から、新たな小惑星を探し出す——。

「……というわけで」

一通り説明を終え、長篠《ながしの》さんが背筋を伸ばす。

「こんな感じで、時間が許す限り撮影とチェックをしていくから……よろしくね！」

「はい！」

「よろしくお願いします」

＊

――こうして、俺と真琴《まこと》の小惑星探しが本格的に始まった。

初日は遅くまで作業に熱中し、目がかすむまでディスプレイとにらめっこしたものの……残念ながら候補天体は見つけられず。

続きは翌日に、ということで民宿へ戻ることになった。

「でも、まだまだ初日だしな！」

職員のお二人に付き添ってもらいながら。

山道を歩き、俺は真琴《まこと》に言う。

「勝手はよくわかったし、ここからだよな！」

「ええ。あと三日ありますしね……」

眠そうにまぶたを擦り、真琴《まこと》もうなずいた。

「見分け方もなんとなくわかってきましたし、効率よくやれるはずですね……」

「ああ」

うなずいて、空を見上げる。

視界いっぱいに広がった宇宙の暗がりと、何かのメッセージのように瞬《またた》く星たち。

砂糖粒のようなその一つ一つが、何億光年も向こうから俺たちをじっと見ている気がした。

——ディスプレイ、ソフト越しに見た星空もわくわくしたけれど。

テクノロジーを駆使してその深淵《しんえん》を覗《のぞ》き込《こ》むのも楽しかったけれど、これはこれで俺の原点だなと。

星降る中でそれを見上げるのも、やっぱり特別だなと俺は思い知る。

＊

——そうして、二日目、三日目と観測は続いた。

朝遅くに起きて朝食を取り、昼から夕方まで天文台で講義や昨晩の振り返り。

そして——日が落ちればディスプレイとにらめっこ、という毎日。

それなりに、起伏があったりもした。

二日目の夜には、未知の小惑星の可能性がある点を真琴《まこと》が発見。

「いや、これありえるんじゃね⁉」

「ですよね！　そうっぽいですよね！」

と小さな騒ぎにもなった。

少しずつ、ディスプレイ右上に動いていく点。

わずかに出ている雲に遮られて、ソフト上では拾われなかったけれど。

どうにも……どうにも「小惑星」の予感がする……！

「……ちょっとこれ、もう少し追ってみようか」

柏野《かしの》さんさえ、ディスプレイを覗《のぞ》き込《こ》んで一発で真面目な顔になった。

「もう一度同じ領域を撮影して、確認しよう」

「……はい！」

緊張の待機時間のあと、データがパソコンに移される。

画像の処理がされ、ソフトに取り込まれる。

そして、新たな写真を含めて何度も軌跡を確認し、結果──、

「……多分、ノイズだね」

──柏野《かしの》さんは、はっきりとわかるほどに肩を落としてそう言った。

「ほら、一番新しいので消えちゃってる。天体だったら、この辺に映るはずなんだけど……」

「ああ～……」

「うう……」

既に、その日の観測開始から三時間ほど。

疲れが絶頂に達しつつあった俺たちは、全身の力が抜けてしまって。

二人でだらしなく、椅子にへたりこんでしまったのだった──。

そして——『あの悲劇』が起きたのは。

俺と真琴《まこと》の仲を終わらせかねない『あの事件』が起きたのは、三日目。

朝ご飯に行こうと、真琴《まこと》が部屋まで呼びに来てくれたときのことだった。

「——せんぱーい、時間ですよ」

扉の向こうから、真琴《まこと》が言う声が響いていた。

「おお〜う……」

俺は昨日の観測のあと、なかなか寝付けなかったこともあって完全に寝ぼけモード。

ぼんやりした頭でそれを聞いていた。

「まだですかー？　開けますよー」

「おお……」

認めよう——ほとんど無意識でそう答えていた。

頭が完全に機能停止していて、条件反射だった。

だから、

「——って！　着替え中じゃないですか！」

引き戸を開け、こちらを見た真琴《まこと》が——そう叫んだ。

目を丸くし、わずかに後ろに飛びすさりながらそう叫んだ。

「ならそう言ってくださいよ！　開けちゃったじゃないですか！」

「あ……ああああ！　わりい！」

——彼女の言う通り、俺は着替え中。

しかも、パジャマのズボンを脱いで普段着にはき替えるところで——丸見えだった。

俺のはいている某ファストファッション店謹製、ボクサーパンツが丸見えだった。

さらに——慌ててズボンをはこうとして、バランスを崩す。

結果、

「——うおあああああああ!!」

「ちょ、ちょっと!!」

すっ転んだ。

派手にすっ転んで、その場にでーんと倒れてしまった。

しかも——見事、お尻を真琴《まこと》の方に向けて。

「何してるんですか！　何見せつけてるんですかお尻を！」

「ちょ、ちが……わざとじゃねえよ！　ていうか、いつまで見てんだよ！　扉閉めろよ！」

「閉まらないんですよなんか引っかかって！」

「ええ!?」

「だから早くはいてくださいって！」

「ったく……うわっ!!」

「なんでまた転ぶんですか！　ちょ、パンツまで脱げかけてる！」

「扉閉めろよ！」

「閉まらないんですって！」

——そんなこんなですったもんだがあり。

なんとかパンツとズボンをはき終え、真琴《まこと》は扉をはめ直すのに成功。

沈痛な気分で、食堂での朝食に向かったのだった——。

……次からは、せめてズボンをはいてから扉を開けてもらうよう注意します。

＊

そんなこんなで——翌日。

ついにやってきた、観測の最終日。

この日はそれまでと違い、昼間に自由時間を設けてもらうことになった。

ここまで根を詰めてきてしまったし、一度リフレッシュした方がいいという長篠《ながしの》さんたちの判断らしい。

寝てもいいし観光してもいいし、夕方まで自由に過ごしてOKとのこと。

確かに……今日まで普段と全然違う生活リズムで観測してきたからな。

疲れも溜《た》まっているし、ちょっと変化が欲しいところだった。

真琴《まこと》はどうするのかと聞くと「とにかく眠いんで寝まくります」とのこと。

ただ、俺は存外この遅寝遅起きに慣れ始めていて、睡眠不足の感じもしない。

どうしようかな、と悩んだ末、俺は彼女に連絡。昼過ぎの名古屋駅、待ち合わせの定番である金時計の下で、落ち合うことになったのだった。

「――やあ、巡《めぐり》！」

ドキドキしながら待っていると――待ち合わせ時間ちょうど、明るい声が聞こえた。

視線をやると、彼女がいる。

マスクとメガネでばっちり変装した。

それでも、一目でわかる……俺の彼女。

nito、こと二斗千華《にとちか》。

コートに包まれた細身の身体《からだ》と、ふわふわの帽子から覗《のぞ》く黒いショートヘアー。

レンズ越しにもその目は水晶のように煌《きら》めいていて、それだけできゅっと胸が苦しくなる。

「おう！　ごめん、呼び出して」

うれしさにほほえんでしまいながら、彼女にそう返した。

「忙しかったんじゃないのか？　ライブ前日だし……」

明日は二斗《にと》のツアーの中ほど、名古屋公演の予定だ。

連絡をしたのはダメ元だったし、まさか本当に会えるとも思っていなかった。

「ううん、全然大丈夫」

けれど、二斗《にと》はそう言って俺に笑いかける。

「今日はわたしも、自由時間をもらってたから！」

「そっか……ならよかった」

うなずいて、事前に調べておいた喫茶店に向けて歩き出す。

最近の二斗《にと》は、以前にも増して知名度が上がりつつある。

できるだけ区切られた席のある、人目につきにくいお店をリサーチしてあった。

「ていうか……会うの結構久しぶりだな」

「だねー」

うなずいて、二斗《にと》は眉を寄せて笑う。

「終業式前から学校行けなくなってたし……一週間ぶりくらい？」

「それくらいになるかー」

――一週間。

高校生の俺にとっては、とても長い空白期間だった。

もちろん、夏休みにはそれ以上に会えない日が続いたりもしたけれど。

ラインでメッセージのやりとりや通話はちょこちょこしていたけれど……それでも。正直、なかなかに苦しい時間だった。

こうして会うのもなんだか普段以上にドキドキするし、内心緊張してしまうところもある。上手《うま》く言葉が出ないし、どんな風に二斗《にと》に接していたのかを、感覚的に思い出せない……。

「……ねえ」

そんな俺を、二斗《にと》が覗《のぞ》き込《こ》む。

「なんか巡《めぐり》、ちょっと大人っぽくなった？」

「……へ、俺が？」

「うん」

こちらを見たままで、二斗《にと》はうれしそうににまっと笑う。

「なんか、表情がキリッとして、顔つきも変わった気がする」

「えー、そうか？」

言いながら、手で自分の顔をさすってみる。

これまでと何も変わらない、のっぺりとした手触り。

「何も変わってないと思うけど……」

「変わったよ！　前よりなんか、頼もしい感じになった！」

「んー、だとしたら……」

と、俺は彼女に苦笑してみせ、

「このところ、観測でずっと忙しかったから。その疲れが出てるだけじゃねーかなー」

まあ、そんなところだと思う。

毎晩何時間もディスプレイと向かい合い、昼間にはその検証をする生活。

自ら望んでいたことではあったし、なんだか天文学者気分で楽しいけど、疲れるものは疲れるのだ。多分、それが顔に出てたんだろうなあ……。

久々に二斗《にと》に会えたのに、万全の体調じゃなくて無念なり……。

「そうそう、観測のこと、気になってて――」

なんて、二斗《にと》が切り出したタイミングで、

「――あ、もしかしてあそこ？」

ちょうど道の向こうに、目的の喫茶店が見えた。

「だな、あの店だ」

「じゃあ、続きはお茶でも飲みながらね」

言い合うと、俺たちはその古めかしい喫茶店、アンティークな印象のドアを開けたのだった。

＊

「──そっかそっか！　すごいねー！　本当に学者さんみたい！」

通された店の奥、二人がけのテーブル席で。

天文台の様子や観測の方法を説明すると、二斗《にと》は子供みたいに目を輝かせた。

「星って、そんな風に探すんだね……なんか、ちょっと曲を作るのにも似てるかも！」

「え、そうなの？」

「うん、言うてパソコンとにらめっこ、みたいなところあるからねー」

言って、二斗《にと》はパソコンをいじっているようなポーズをしてみせ、

「マジで地味なんだよ。特にアレンジ考えてるときとか、ぱっと見事務仕事とそんなに変わんない見た目だと思う」

「ほえー、そうなのか……」

うなずいて、コーヒーを一口飲む。

やっぱり、俺は二斗《にと》に少しだけ近づけたんだろう。

そんな実感が、確かに少しだけある。

この『星空の村天文研究会』に参加したことで、二人の距離は縮まった。

彼女のいる場所に、感じていることに、かすかに触れることができた。

ただ、

「で……どう？」

わくわくした顔で、俺を覗《のぞ》き込《こ》む二斗《にと》。

「小惑星……見つかりそう？　なんかここまでに、収穫はあった……？」

そう——問題は、そこだ。

研究会に参加した。毎晩観測をしている。

じゃあ、その結果はどうなのか？

俺と真琴《まこと》は、新しい小惑星を見つけられそうなのか——。

……認めよう。

焦《あせ》っていた。

ここまで何の収穫もなしに、最終日。

その事実に——俺は酷《ひど》く焦《あせ》っていた。

研究会に参加すれば、二斗《にと》の隣に並び立てる気がしていた。

小惑星はまあ、なんだかんだ言っていくつか候補は見つけられて、仮符号《かりふごう》も一つくらいはもらえる。

そうなれば、その観測結果が出る四年後くらいまでは、二斗《にと》にふさわしい彼氏でいられる。

そんな風に、油断をしていた。

けれど――ゼロ。

現実的には、候補の天体さえ見つけられていない。

時間と運の勝負だとは、聞かされていた。

努力ではどうにもできない領域はある。そこに行きたいとも願っていた。

ただ……実際にその立場に置かれて。

結果も出せず、こうして二斗《にと》に相対《あいたい》して、ようやく理解した。

――ここにいるのがいたたまれないほどの、恥ずかしさ。

――消えてなくなってしまいたいほどの、情けなさ。

そんなものを、俺は今はっきりと感じ始めている。

かっこつかないとか、そんなレベルの話じゃない。

どんな顔をして、二斗《にと》に事実を伝えればいいのかわからない――。

背中に汗が滲《にじ》んで、目の奥にひりひりと痛みを感じた。

ただ……と、コーヒーを飲んで俺は思い直す。

少なくとも、暗い表情は望んでいないだろう。

せっかく忙しい中で時間をくれたんだ、今日のこの短いデートだって、二斗《にと》にとって楽しいものであってほしい。

「……いやーそれがさ〜……」

情けない笑みを作って、俺はぐでーんと椅子に体重を預けてみせる。

「正直、何も見つからねーの！　ここまで毎晩必死に探してるのに、候補の一個も見つけらんねえ！」

「えー、そうだったんだ」

ごく普通の表情で、世間話を聞くような顔でうなずく二斗《にと》。

「やっぱり、難しいんだね星を見つけるの」

「とはいえ、もうちょい上手《うま》くいくと思ってたんだよなあ」

無理に口元に笑みを浮かべ、

「なんかほら、過去の例を見ると割と普通に候補天体までは見つけられてるから。俺もなんだかんだで、初日のうちに一個くらいは見つけて、最終日には『どれかが本物の未知の小惑星であるように！』って、祈れるくらいにはなるのかなって……」

そうだ、そんな未来を期待していた。

なんとなく上手《うま》くいって、期待を胸に二斗《にと》に会えるんじゃないかと。

それまでとは違う自分で、自信を持って会いに行けるんじゃないかと。

「あー、上手《うま》くいかないもんなんだなー」

そう言って、もう一度無理に笑おうとする。

けれど——、

「チャレンジしたことないから、知らなかったよ。こんなに……苦しいって。本気だと、不安になるって……」

——涙が零《こぼ》れそうになる。

悔しさと情けなさで、嗚咽《おえつ》が漏れそうになる。

そう、俺は知らなかった。

本気で戦う怖さ。上手《うま》くいかないときの苦しさ。

いざそれを体感して——心が折れかけている。

他でもない二斗《にと》の前で、彼女の前で、崩れ落ちそうになっている。

「——わかるよ」

ふいに——彼女がそう言った。

真剣で、率直な声。

本心なのだと、疑いもなく伝わる響き。

二斗《にと》は、俺の手を取ると、

「巡《めぐり》の気持ち、よくわかる」

真《ま》っ直《す》ぐ俺の目を見たままで、そう続ける。

「本気で戦う不安とか、それが上手《うま》くいかない苦しさとか、全部知ってる」

その目に──阿智村《あちむら》の星空に似た光が宿る。

無限の深みの向こうから、彼女がちゃんと俺を見てる。

「わかんなくなるよね、自分の存在に意味があるのか、とか。こんな人間、価値がないんじゃないかとか」

それはまさに──俺の胸にわだかまる不安だった。

存在自体を、脅《おびや》かされるような不安。

自分が世界に受け入れられない恐怖。

それを今、はっきりと俺は感じている。

「ごめんね……わたしにできることは、何もないのかもしれない」

悔しそうに、二斗《にと》は唇を噛《か》む。

「巡《めぐり》の戦いは巡《めぐり》の戦いで、他の誰も手助けできない。そのことは、わたしもよく知ってる……けど！」

言うと、二斗《にと》はその手にぐっと力を込め──、

「わたしは──あなたを見ているから」

――彼女の熱が、体温が。

手の平を通じて、言葉を通じて、視線を通じてこちらになだれ込んでくる。

「上手《うま》くいくあなたも、そうでないあなたも、ずっと見てる。目を逸《そ》らさないから」

二斗《にと》が――俺を見る。

すべてを受け入れるように、そこにいてくれる。

そして、

「どうか、あなたの願いが叶《かな》いますように」

ぎゅっと目を閉じ――彼女は祈る。

俺の願うこと、欲《ほっ》すること。

それがすべて叶《かな》いますように。

「世界が――坂本巡《さかもとめぐり》に応えてくれますように」

そして……俺は気付く。

二斗《にと》の気持ち、今彼女が願っていること。

それはこれまで……俺が、二斗《にと》に対して願ってきたことなのだと。

「……ありがとう」

ふっと息を吐き、そう返した。

不安は消えない。

恐怖も情けなさも消えない。

状況は、一ミリだって好転していない。

それをはねのけられるのは『結果』だけで、『結果』は努力と執着と幸運の先にしか存在しない。

それでも——俺は、二斗《にと》に言う。

「そんな風に言ってくれて……ありがとう、二斗《にと》」

このままで、間違っていないんだとわかった。

この苦しさを抱えたままでいる、それがきっと正解だ。

二斗《にと》が——そのことを教えてくれた。

「ううん、お礼を言われることじゃないよ」

俺以上に泣きそうな顔をしながら、二斗《にと》は首を振る。

「ただわたしが、願ってるだけ」

「それがありがたいんだよ」

言って、二斗《にと》にほほえみかけると、彼女も笑う。

──やっぱり、と、俺は思う。

俺に力をくれるのは、この子だった。

いつだって俺の前に立ち、手を引っ張ってくれる二斗《にと》。

俺を待ち、奮い立たせてくれる大切な彼女──。

だからこそ……胸を張っていよう。

結果がどうなろうと、どんなに恥ずかしい思いをしようと、この子のそばにいよう。

改めて、そんなことを胸に誓った──。

＊

「──お、七森《ななもり》さんだ」

お茶の途中、中座してやってきたお手洗いにて。

スマホを手に取り、彼からのメッセージが届いているのに気が付いた。

「何だろ、応援かな……」
ひとりごちながら、通知画面をタップ。
彼とのメッセージ一覧を開くと、
七森拓也《ななもりたくや》『いよいよ、明日が最終日だね』
七森拓也《ななもりたくや》『調子はどう？　候補は見つかった？』
思わず、小さく笑ってしまった。
日程まで把握した上で、気にかけてくれる七森《ななもり》さん。
色々あったけどやっぱりいい人で、俺の中でも大事な友人なのは間違いないから、
巡《めぐり》『それが全然で・・・』
と、手短に苦戦していることを伝えた。
候補さえ見つからず困っていること。
それでも、なんとか一つでも可能性があるものを見つけだし、東京に帰りたいと思っていること。

情けないし悔しいけど、この人にはありのままを伝えたい。

七森拓也《ななもりたくや》『なるほどね』
七森拓也《ななもりたくや》『やっぱり難しいものなんだな』

ほとんど間を置かず、彼から返信が帰ってくる。
何百キロも距離が空いているけれど、すぐ目の前で雑談しているような感覚。

七森拓也《ななもりたくや》『そう言えば』

と、彼は続ける。

七森拓也《ななもりたくや》『先日読んだ、小惑星探しの本に書いてあったんだけど』
七森拓也《ななもりたくや》『小惑星って、なぜか複数のものがまとまって群れているように見える場所があるみたいなんだ』
七森拓也《ななもりたくや》『本当は、バラバラに太陽の周りを回っているはずなのに』
巡《めぐり》『へえ、そうなんですね・・・』

七森拓也《ななもりたくや》『だから、最近見つかった小惑星の近くや、それが含まれる族を重点的に探せば』
七森拓也《ななもりたくや》『候補が見つかる可能性が、少しは上がるかもしれない』

やりとりを終え、お手洗いを出る。

「ごめん、お待たせ」

と席に着くと、向かいの二斗《にと》はじっと俺を見て、

「……なんか、うれしそうだね」

ほほえましげな表情で、そう言った。

「元気が出たって言うか、頼もしそうっていうか……」

「ああ、大事な友達から応援されてさ」

そんな二斗《にと》に、俺は得意な気分でそう返した。

「七森《ななもり》さんっていう、例の春江《はるえ》高校の天文部の部長さんなんだけど」

「あー！　例の！」

二斗《にと》にも何度か、春江《はるえ》高校の話はしている。

興味津々《きょうみしんしん》、という顔でうなずいている彼女に、

「……今度紹介するよ」

七森《ななもり》さんの顔を思い浮かべながら、俺はそう言った。

「大事な友達と、大事な彼女だから。今度、会ってくれるとうれしい」

「うん、わかった！」

カップのコーヒーを飲み干すと、二斗《にと》は子供みたいな顔で笑ったのだった。

＊

「――じゃあ、がんばってね」

帰《かえ》り際《ぎわ》、見送りに来てくれた名古屋駅のバス停で。

二斗《にと》はちょっとメガネをずらし、俺にそう言う。

「わたしもがんばるから」

「……おう」

うなずくと、俺は拳を握り、彼女の方へ掲げてみせる。

「お互い、やってやろう！」

「うん！」

拳を合わせ、ほほえみ会う俺たち。

「じゃあ、また明日！」

「明日ね！」

言い合って、俺は停《と》まっていた阿智村《あちむら》行きのバスへ乗り込む。

そんな俺の背中に、

「あ、そうだ！」

二斗《にと》が思い出した様子で、そんな声を上げた。

「真琴《まこと》ちゃんに浮気《うわき》したら、キルユーするから！」

「あはは、わかってるよ！」

そんな風に笑い合って——俺たちは、それぞれの戦場へ向かった。

胸に不安と期待と心細さと、混ざりきらない沢山の感情が渦巻いていた——。

【Introduction 8.5】

——わたしが、この時間軸での『彼の結末』を知ったのは、卒業式の一週間前。
最後のあいさつにやってきた、放課後の学校でのことだった。
職員室で先生方にお礼を言って、置きっぱなしだった私物を回収して、学校を出る。
それだけを予定していた日だった。
ただ……すべてが終わったあと。わたしはふと思い立ち、部室棟へ移動。
かつて、彼と放課後を過ごした天文同好会の部室を訪れた。
「……あれ、鍵開いてる」
誰かが閉め忘れたのか、何かしら事情があるのか。
手をかけてみると扉はあっさり開いて、わたしは恐る恐る中に入る。
——懐《なつ》かしい風景だった。
並んでいる学校の備品たち。鉱石の資料やまだドイツが東西に分かれている世界地図。
壊れたラジカセと落書きだらけの机と、埃《ほこり》を被《かぶ》った石膏《せっこう》の胸像。
そして——ピアノ。

いつもわたしが弾いていた、古めかしいアップライトピアノ。

思えば、あの日も。

巡《めぐり》が告白してくれた日も、わたしはピアノを弾いていたんだ。

「——好きなんだ、二斗《にと》のこと」

「——付き合って、もらえないかな……」

あのときの台詞《せりふ》を思い出して、涙が零《こぼ》れそうになる。

唇を噛《か》んで、必死で嗚咽《おえつ》を我慢する。

わたしに泣く資格はない。

こうなったのは全部自業自得《じごうじとく》だ。自分を憐《あわ》れむような権利を、わたしは持っていない。

——そんなタイミングで。

「——だからさ——」

「——ですね——」

聴き覚えのある声が——背後、部室の外から聞こえた。

男女二人、ずいぶんと親しげな声——。

巡《めぐり》と——芥川《あくたがわ》さん。

ビクリと身を震わせ、周囲を見る。

隠れられる場所を目で探す。

机の下、ロッカーの裏、棚の中——いや、準備室だ。

この部室の隣にある、狭い荷物置き場。

何か落ち込むことがある度に、わたしが一人で過ごした場所。

あそこなら、隠れられる——。

弾《はじ》かれるようにその扉にとりつき、慌てて中に入る。

同時に、巡《めぐり》と芥川《あくたがわ》さんが部室に入ってきて——、

「……ん？」

「どうしたんですか？」

「なんか……懐《なつ》かしい匂いがした」

「何だろ、カビの匂い？」

——手近な椅子に腰掛けながら、そんな風に話し始める。

扉越しに聞こえる、二人のくぐもった声——。

「いや、そういうのじゃなくて。シャンプーかなんかの良《い》い匂い」

「え、わたしのですか？　急にそういうの言いだすの、キモいんですけど……」

「ちげえわ！　今更お前の匂いでそういうこと言わんわ！　でも、誰だろ……誰の匂いだっけ、これ……」

「千代田《ちよだ》先生とか？」

「いや、違う……」
仲良さそうに弾む会話。
巡《めぐり》が、わたしには向けてくれなくなった明るい声色《こわいろ》。
ぎゅっと胸が苦しくなって、うめき声が漏れそうになる。
右手で必死に口を押さえて、声を殺した。
わたしがここにいるのは、絶対に見つかりたくない――。
「……ていうか、千代田《ちよだ》先生残念そうだったなー」
巡《めぐり》が、ぽつりと苦しげにそう言った。
「俺の進路のこと。ちょっと責任感じてるみたいだった……」
進路のこと。心臓が、小さく跳ねた。
この時間軸で、巡《めぐり》が卒業後に何をするのか。
わたしはまだ――それを知らない。
希望は、潰《つい》えてはいなかった。
確かに、彼はこの時間軸で小惑星を見つけることができなかった。
わたしの知る彼とは、大きく違う未来を辿《たど》っている。
けれど……大学入試は違うかもしれない。
どこかの大学の理系学部で、天文学の勉強をしてくれるのかもしれない。

そうであってほしかった。
彼がなんとかして、彼自身の夢を追い続けていてほしかった。
けれど、芥川《あくたがわ》さんは苦笑いするような声で。
半ば茶化すような声色《こわいろ》で――、

「まあ……入試全滅で浪人ですからね」

――全滅。
――浪人。
「気にかけてた生徒がそんな結果になれば、教師としては残念でしょう……」
……頭が真っ白になった。
わたしの知る彼とは、あまりにも違う未来。
小惑星を見つけた、天文学者を目指す彼とは全く違う結末。
鼓動がすごい勢いで加速し始める。
そうなった理由は――一つしか思い浮かばない。
前回の時間軸と、今回で違うこと。
彼の人生に、突然介入してくることになった一人の女――。

「……いやでも、俺は結局その程度だよ」

自嘲するような声で、巡《めぐり》はそう言う。

そして——、

「それこそ……二斗《にと》とは違うんだ」

彼は——その女の名前を。

自分がこうなった元凶の名前を口にする。

二斗千華《にとちか》。

彼の人生を狂わせた、わたし——。

「あんな風に、努力して結果出して努力して結果出して、なんて、俺にはできねえよ……」

「……まあ、あの人は特別ですよね」

「あんな天才目の当《ま》たりにしちゃうと、自分のがんばりの意味のなさとか、思い知っちゃうよな～」

——もう、涙は出なかった。

正しく自分の存在を理解して、動揺も後悔も必要なかった。

これで、はっきりしたと思う。

これまでわたしが傷つけてきた、大事な人たち。

例えば萌寧《もね》。

例えば六曜《ろくよう》先輩。
他にも沢山の人がいて——最後に坂本巡《さかもとめぐり》。
すべて、わたしのせいだったんだ——。
わたしがすべて、間違っていたんだ——。
だから……わたしは、思い付く。
自分がすべきこと、最後に彼らにできる償い。
もしかしたら、最初からそうするのが正解だったのかもしれない。
期待なんかせず、手を伸ばさず、そうしておくべきだったのかも——。
「……ごめんね」
力の抜けた身体《からだ》から、最後にそんな声だけが漏れた。
「みんな、ごめんなさい——」

第六話 chapter6

【世界の果て】

――最終日の観測は、最初から難航していた。

この日、空にはわずかに雲が出始めていて、撮影が上手《うま》くいかない。

時間もかかるし画像も不鮮明で、チェック自体がこれまでより困難だ。

長篠《ながしの》さんも柏野《かしの》さんも、まさかの展開になんだか焦《あせ》った顔をしている。

けれど、

「――これは、違うかな？　動き的に、それっぽいけど」

「――いや、ここで消えてるんで違いますね」

「――雲に隠れただけじゃねえかな？」

話し合う俺と真琴《まこと》。

その熱意は――全く削《そ》がれていない。

これまで以上に集中してディスプレイを注視。

どんな小さな点も見逃さないよう、何度もチェックしていく。

絶対に――候補を見つけたい。

新たな小惑星の可能性がある、天体を見つけたい。

その気持ちだけが、俺と真琴《まこと》を強く駆動していた――。

終了予定時間が近づいても、俺たちは止まれない。

「――もう少し、観測を続けられないでしょうか」

「――どうか、お願いします！」

二人で頭を下げ――なんとか時間を延長。

深夜まで、撮影とチェックを繰り返す――。

二人だけじゃない。

長篠《ながしの》さんも柏野《かしの》さんも。さらには、役場に勤めている軒下《のきした》さんまで、今夜は俺たちの作業を手伝ってくれていた。

本当に、感謝してもしきれない。

これだけ熱心なスタッフさんに協力してもらって、俺たちは幸せ者だと思う。

ただ……そうするうちにも、徐々に天気が崩れていく。

雲が空を覆い、目に見えて星の輝きが減っていく――。

そして、

「――撮影は、次ので最後になるだろうね」

何度目かの、追加の撮影のあと。

疲れ顔の長篠《ながしの》さんが、それでも悔しそうにこちらを振り返って言う。

「大分雲が出てきた。まともに撮れるのは、多分これでラストだ」

「……なるほど」

腕を組み、唇を噛《か》んでうなずく。

「じゃあ……そこに賭けるしかないですね」

まだ――候補は見つかっていない。

最終日の今夜も、それらしき天体を見つけられていない。

それなのに、次で最後――。

「うわあ……最後かあ……」

隣で、真琴《まこと》が頭を抱えている。

「見つけられる、かあ……。うう……」

疲れた顔に、ありありと焦《あせ》りを浮かべている真琴《まこと》。

そんな表情になるのも当然だろう。

今――俺たちは完全に追い詰められている。

ようやく手に入れたこの機会を、何の結果も得られないまま終わりにさせてしまいそうになっている。

焦《あせ》っているのは、真琴《まこと》だけじゃない。

「どこ、撮影しようか？」

長篠《ながしの》さんと柏野《かしの》さんが、切羽詰まった声で相談している。

「とりあえず、雲かかってないところ優先で考えよう」

「にしても、もう観測したところばっかりだよね……」

「でも、そんなに悩んでる暇もないし……」

そして、そんな彼らを見守る軒下《のきした》さん。

彼も酷《ひど》く不安げな声で、成り行きを注視していた。

事業、という点から見ても、候補天体くらいは見つけておきたいんだろう。

今回の研究会は、本格的なスタートを前にした試験開催のようなものだ。

ここでそれなりの結果を出せば補助金などを申請しやすくなるだろうし、村おこしの宣伝材料としても使えるわけで、現実的な期待もあったはず。

だから——こうして追い詰められた今。

この場の全員が強い焦燥感に駆られていた。

明らかに、一人一人が浮き足立っていて。

つまり、ピンチであることを。崖っぷちに立たされていることを、改めて俺は実感する。

——けれど、

「……ふう」

不思議な気分だった。

視線を上げ、ドームに開いた隙間に目を向ける。

屋根が開き、長方形に広がった天井の穴。

その向こうにある、無数の星たち——。

今も、俺の胸にはあの日抱いた確かな感情がある。

宇宙に、星に強く惹《ひ》かれる気持ちがある。

そして――二斗《にと》。

彼女がすぐそばにいる感覚。

彼女の見てきたもの、経験してきたこと。

今の俺なら、それを少しだけ理解できるという実感。

なら、迷う必要はない。

冷静な頭で考え、今自分にできることをすればいいだけだ。

「……さあ、どうするか」

ここから可能なことを考える。

次に撮影された画像を全力でチェックするのは当然だ。

これまで以上に綿密に、チリや埃《ほこり》のような天体さえ見落とさない。

そのためだったら、どれだけ目を酷使したって構わない。

真琴《まこと》とのダブルチェックも当然する。これまで試したことすべて、最後の作業には注ぎ込みたい。

何か、それ以上にできること。

これまで、俺がやってこなかった、けれどできそうなことはないか――。

「──そうだ」

そこで──閃《ひらめ》いた。

「長篠《ながしの》さん！」

柏野《かしの》さんと撮影範囲を相談してた長篠《ながしの》さんに、声をかける。

「撮影可能な範囲に、最近見つかった小惑星ってあったりしますか？」

「……ん？　ああ、最近見つかった……」

言って、長篠《ながしの》さんはパソコンに向かい合う。

今夜撮影したデータや、その裏のデータベースをチェック。

その上で、こちらを向くと、

「……うん、あったよ。これ。発見されたのは五年前だけど、最近新たな小惑星だって認められたやつだ」

そう言いながら、ディスプレイを指差す。

そこには、確かにごく小さくかすれるような点が映っていた。

最近認められた小惑星。

それがこんなに判別しにくい、見落として当然にも思える点であることに改めて驚く。

ただ——ちょうどいい。

認められたばかりなら、可能性がある。

「じゃあ——その周囲を、撮影できませんか？」

ディスプレイから長篠《ながしの》さんに向き直り、俺はそう主張する。

「つまり、その小惑星と一緒に動いている天体がないか、集中して観測できないでしょうか？」

——七森《ななもり》さんが言っていたこと。

彼がラインで教えてくれたコツ——。

七森拓也《ななもりたくや》『小惑星って、なぜか複数のものがまとまって群れているように見える場所があるみたいなんだ』

七森拓也《ななもりたくや》『だから、最近見つかった小惑星の近くや、それが含まれる族を重点的に探せば』

七森拓也《ななもりたくや》『候補が見つかる可能性が、少しは上がるかもしれない』

それに——賭けてみてもいいかもしれないと思った。

俺の大事な親友、星空に心から焦がれる七森《ななもり》さん。

彼の知恵を借りて、最後の観測をしてみたいと——。

「……なるほど」

俺の説明を聞き、長篠《ながしの》さんは笑みを浮かべてうなずいた。

「それは確かに、良《い》いアイデアだね。そういう小惑星の近くには、未知の天体があるかも」

「今なら、その辺りは晴れてるね」

柏野《かしの》さんも、空の様子を確認してそう言ってくれる。

「撮影も問題ないよ」

だから――、

「……真琴《まこと》」

――俺は、隣の真琴《まこと》に。

俺の大事なパートナーに、最後の確認をする。

「それでいいかな？　俺の考えに、乗ってくれるかな？」

真琴《まこと》は――その言葉にニッとほほえむ。

そして、疲れの滲《にじ》む顔でこくりとうなずき、

「もちろんです」

そう、応えてくれた。

「先輩のアイデアに、賭けますよ」

「……ありがとう！」

「じゃあ早速、撮影を始めるね！」

「さあ、最後のチャンスだ！　気合い入れてチェックしよう！」

「「はい！」」

そんな風に声を掛け合い、俺たちは最後の撮影を始める。

長篠《ながしの》さんと柏野《かしの》さんは望遠鏡やパソコンを操作し、俺と真琴《まこと》は目薬、アイマスクで目をケアする。

軒下《のきした》さんは、一度民宿に戻って夜食のおにぎりと味噌汁《みそしる》を持ってきてくれた。

そして——撮影が終わり。データが、パソコンに移動される。

それをソフトに取り込み、処理をかけて——準備完了だ。

俺と真琴《まこと》は、改めてデスクの前に並んで腰掛ける。

そして、お互いうなずきあい——、

「よし……探そう！」

「ええ！」

マウスを操作し、撮影した写真を連続で表示していく。

ソフトが検知する既知の天体と、未知の天体候補たち。

無数の恒星と、沢山の小さな星——。

画面中央辺りに表示されている既知の小惑星、これが最近見つかったものだろう。

だから、その周囲の未知の天体候補たちを、重点的にチェックしていく。

そのほとんどが、軌道を見て一日でノイズとわかるものだ。

それでも、気持ちは折れない。

そこに星があるかもしれない。その期待に、俺は目を光らせ始める。

「先輩、これは違いますかね……？」

「どれどれ？　あー、多分違うな。三枚目で、ほらここに留《とど》まってるから」

「なるほど……」

時折そんなやりとりをまじえ、チェックは続けられる。

夜食のおにぎりをエネルギーに変換して、これまでで一番の集中力を発揮する。

そして――、

「……ん？」

――気になる点があるのに、俺は気が付いた。

ソフトには、天体として検知されていない。

それほどに、小さくかすれたかすかな点……。

けれど、それが時系列で見たときに、規則的に動いているような……。

――わっと、背筋に寒気が走った。

予感がある。

ディスプレイに表示された、この点。

ほんの一ドットのそれ、かすかな薄い色づき。

それが俺の人生を——すべてを変えそうな、はっきりした予感。

そこに、何かがあるという明白な直感——。


「……あ、あの！」

気を抜けば、どこにあったのかわからなくなりそうで。

ディスプレイのその点を注視しながら、俺は声を上げる。

「ちょっと、見てほしいものがあるんですけど！」

全員が——ばっと勢いよくこちらを見る。

俺の声に、普段と違う緊張感が滲《にじ》んでいたのかもしれない。

椅子ごと寄ってくる真琴《まこと》。

長篠《ながしの》さんと柏野《かしの》さん、軒下《のきした》さんも、小走りでこちらにやってきた。

「これ、この点……！」

彼らに、声がうわずるのを自覚しながら指差した。

「ソフトでは、検知してないんですけど……ほらこれ、こんな風に動いてて……」

——息を呑《の》む音。

長篠《ながしの》さんと、柏野《かしの》さんだ。

二人が、はっきりと緊張に身を固くした。

そして、

「これは……可能性があるね」

「なるほど……」

――可能性がある。

長篠《ながしの》さんが言った、その台詞《せりふ》――。

「よし、急いで追加でもう一回撮ろう」

「そうすれば、多分ソフトで検知してくれるはず」

「お、お願いします！」

バタバタと動き出す、お二人。

真琴《まこと》は俺の隣で、じっとディスプレイを見つめている。

そして――ふいに祈るように両手を合わせると、彼女はぎゅっと目をつぶる。

きつく閉じたまぶた、頬にみなぎる緊張感、
何かを小さくつぶやいている口元――。

――心臓が、猛スピードで脈を打ち始めた。

ここが――俺たちのクライマックスだ。

この小惑星探し、最後の山場――。

結果が出るか出ないかは、運次第。

けれど——きっと。

俺たちなら、きっと——。

「——撮影、できたよ！」

「データ、そっちに送るね！」

あっという間に、最後の撮影が終わる。

そして、追加データがパソコンに送られ。

俺と真琴《まこと》、長篠《ながしの》さんと柏野《かしの》さんと軒下《のきした》さんは、肩を寄せ合うようにしてディスプレイを見つめ——、

＊＊＊

「——あ、坂本《さかもと》くんと芥川《あくたがわ》さん、来たみたい」

名古屋公演当日。

本番少し前の、楽屋にて。

メイクや髪のセットを進めるわたしに、ｍｉｎａｓｅさんがスマホを見ながら言う。

「楽屋、来てもらっちゃって大丈夫？」

「はい！　来てもらいたいです……って、みんなも大丈夫ですか？」

言うと、わたしは今日一緒に演奏するバンドメンバー。

ここまでずっと国内を回ってきた仲間に目を向ける。

「彼氏と後輩、呼んじゃってもいいですかね？」

「もちろんいいよー」

「俺も、彼には一回会ってみたかったし」

メンバーが笑顔でそんな風に返してくれる。

「いいよねー高校生カップル」

「俺にもそんな時代があったな……」

「やった……ありがとうございます！」

年齢は二十代後半から三十代半ば。

わたしにとってみれば、両親であってもおかしくない年齢の皆さん。

彼らとは、とても友好的な関係を築けている。

ツアー前、リハの段階では慣れないリズムに戸惑うシーンもあったけれど。なかなかグルーヴが出てくれなくて悩みもしたけど、みんなでスケジュールを合わせてリハーサル合宿を敢行。

結果——わたしにとって、ベスト以上のバックバンドになってくれた。

——こんなの、初めてだった。

何度も繰り返してきた高校生活の中で、バンドメンバーと仲良くなれたのは初めて。

これまでは、このツアーにいたるまでにわたしの精神が酷《ひど》く疲弊して。どうしても彼らに辛《つら》く当たってしまっていた。

結果として彼らとの仲は良く言ってビジネスライク。悪く言えば険悪だった。

けれど――今回は家族みたいに思っている。

わたしの演奏を支えてくれる、ステージ上で力をくれる皆《みんな》。

わたしは彼らを深く信頼し、友達として大事だと思っている――。

それだけじゃない。

そもそもの話、萌寧《もね》との関係だって六曜《ろくよう》先輩との関係だって。

今回はこれまでとは全く違う、新しい間柄を築くことができているんだ。

――理由は、もちろんわかっている。

巡《めぐり》だ。

未来から時間を移動して戻ってきてくれた彼。

わたしを救うために、必死でがんばってくれている恋人。

きっと――すべて彼がくれたんだと思う。

彼が、わたしにこんな未来《あした》を作りだしてくれた――。

胸に、華やかな好意が湧き出す。

彼のことが大好きだっていう、強く甘やかな衝動。
恋をしている。
気持ちが、強く強く彼を求めている。
けれど——、

「……どうなるかなあ」

そうつぶやいて、わたしは考える。
問題は——巡《めぐり》がどうなるか。
わたしがそばにいるだけで、ボロボロと崩れてしまった巡《めぐり》の未来。
わたしが狂わせて、傷つけてしまった坂本巡《さかもとめぐり》という男の子。
——これまでのループが、脳裏にフラッシュバックする。
少しずつ、天文から興味を失っていった彼。
部室に来なくなった彼。
芥川《あくたがわ》さんと歩いていた彼。
そして——卒業式の前。
わたしを前に、自分の小ささを知ったと芥川《あくたがわ》さんに話していた彼。
彼が、星を見つけられたのか。
『星空の村天文研究会』で、新たな小惑星の候補を見つけられたのか。

そこに、わたしたちの未来がかかっている――。

「――ど、どうも、お邪魔します」


そのとき――楽屋入り口から、声がした。

ラフだけどどこか優しそうな、それでも酷《ひど》く緊張した、彼の声。

弾《はじ》かれるように見ると、

「……お、おう！」

こちらを見て、ほほえむ彼の顔がある。

隣には、ちょっとおどおどした様子の芥川《あくたがわ》さん。

わたしを見つけて安心したのか、巡《めぐり》はほっとした様子でこちらに来ると、

「お疲れ！　ありがとな、本番前にこんなとこまで招待してもらって」

「ううん！　いいの、わたしが会いたかったから！」

椅子から立ち、彼らの方に駆け寄る。

「芥川《あくたがわ》さんも、来てくれてありがとうね！」

「いえ、こちらこそ……お招きいただきありがとうございます……」

「そんな緊張しないでよー」

自然と頬が緩んで、気持ちが持ち上がる。

声色《こわいろ》だって、なんだかトーンが上がってしまう。

恋人である巡《めぐり》と、後輩である芥川《あくたがわ》さん。

彼がここにいるのはなんだか不思議な気分だし、芥川《あくたがわ》さんだって。ちょっとライバル心を
抱いていた彼女だって、ライブを見に来てくれたのがとてもうれしい。

そんなわたしを、バンドメンバーがほほえましげに見ているのがはっきりわかる。

あからさまに視線が刺さりまくってる。こんな姿、皆《みんな》に見せるの初めてだしなあ……。

なんだかちょっと恥ずかしいけれど……それでも止められない。

「……うれしいよ」

手をぎゅっと握り、わたしは彼の目をじっと見る。

「今日は、ゆっくり見ていってね……」

「ああ、本当に楽しみにしてる」

「ていうか二人とも、お疲れ様。観測がんばってきたんだよね？」

「ああ、ありがと。精一杯やってきたよ」

「ですね、全力は出しました……」

穏やかに笑って、そう言う彼ら。

そんな巡《めぐり》に——一拍の間を空けて。

緊張に痺《しび》れる舌で、わたしは切り出す――。

「……どう、だった？」

巡《めぐり》の目が、真《ま》っ直《す》ぐわたしを向いている。

「星……見つかった？」

心臓が、酷《ひど》く高鳴っていた。

ステージに立つとき以上に、新曲を公開するとき以上に。

指先が震えるほどの鈍い緊張感――。

呼吸が浅くなって、意識がぼんやりする。

真冬なのに、背中に汗が一筋流れていった。

そして――、

「……いや～ダメだった!!」

――彼は。

巡《めぐり》は――明るい笑顔でそう言った。

「見つけられなかったよ〜小惑星！」

「……そう、なの？」

「がんばったんだけど、候補の天体さえ見つけられなかった！　申し訳ない！」

「そんな……わたしに、謝ることじゃ……」

思考が——一撃で吹き飛ばされていた。

ダメだった。見つけられなかった。

候補の天体さえ——。

——正直に言えば、予想外だった。

見つけられると、思い込んでいた。

いつか見た景色と同じように、巡《めぐり》は新たな小惑星の候補を見つける。

仮符号《かりふごう》をもらえて、全校集会でそれが表彰されて……大学でも、天文学の道に進む。

最近の巡《めぐり》を見て、当たり前にそうなるんだと期待していた——。

なのに、

「あーもー、悔しいなー！」

そんな風に言う、明るい表情。

「ほんと、あと一歩って感じだったんだよ！　最後にそれっぽいの見つけてさ、みんなに協力してもらって、確認して……」

……今回も、ダメだったんだろうか。

これをきっかけに、巡《めぐり》はまたこれまでのようになっちゃうんだろうか。

天文学に興味を失い、同好会にも来なくなっちゃうんだろうか。

頭に浮かぶ、最悪の未来予想図。

足下にまた大きな穴が空いた気がして——胸の底に、冷たく重い気持ちが湧き出す。

けれど——、

「なのに……ダメだった」


——ぼろっと、巡《めぐり》の目から涙が零《こぼ》れた。

「みんな期待してくれて、応援してくれて……俺だって、全力を出したんだよ……。なのに……違った！　最後に見つかったの、既知の小惑星で……新しい、星じゃ……なくて……」

——止めどなく、巡《めぐり》の頬を涙が伝う。

それを拭いもせず、歯を食いしばってる彼。

嗚咽《おえつ》が唇から漏れかけている。

それを必死で抑えるうちに鼻水まで溢《あふ》れて、顔中がぐちゃぐちゃになる。

隣では、芥川《あくたがわ》さんも泣き出しそうな顔で視線を床に落としていた。

「……悔しい」

酷《ひど》い顔のまま……巡《めぐり》はつぶやくように言った。

そして、

「死にそうなほど悔しい……」

歪《ゆが》んだ表情に、押し殺すような声に——彼は強い気持ちを覗《のぞ》かせる。

彼の中に芽生えた、はっきりとした意思。

願いが一度砕かれて、彼の中に生まれたもの——。

「絶対に……あきらめない！」

目元を拭い。

自分に言い聞かせるように、彼は言う。

「たった一回で、あきらめるなんて絶対しない！　来年は、沖縄の観測に絶対参加するし、できるなら阿智村《あちむら》のももう一回受ける！　それだけじゃなくて、バイトして望遠鏡、いいやつ買って、家でも観測する！」

震える声で、けれど揺るぎない気持ちを込めて、彼は続ける。

「小惑星探しのソフトだって、素人《しろうと》が使えるのがリリースされたし！　絶対に……絶対に……

あきらめない……」
唇を噛《か》む巡《めぐり》。
ボロボロと零《こぼ》れ続ける涙。
彼が——初めて見せてくれた表情。
きっと、いつかのわたしもしていた泣き顔——。
——気持ちを、抑えられなくなった。
愛《いと》おしさが、胸から溢《あふ》れて衝動をこらえられなかった。
「……わっ！」
勢いよく、彼に抱きつく。
周りに人が沢山いるし、巡《めぐり》も驚いている。
芥川《あくたがわ》さんが隣にいるのも、とても残酷なのかもしれない。
けれど——止められない。止めようと思わない。
ぎゅっと腕に力を込めて、彼の身体《からだ》を引き寄せる。
そして、
「——大好き」

彼の耳元で、そう囁《ささや》いた。

「わたしは、あなたが大好き」

「……ありがとう」

「そばにいてくれてありがとう。こんなところまで来てくれてありがとう」

「……こっちの台詞《せりふ》だよ」

わたしの腕の中にある、巡《めぐり》の体温。

この世で一番愛《いと》おしいものが、今わたしの腕の中にある。

——ああ、もう大丈夫だ。

ごく自然に、そう思えた。

確かに、星は見つからなかったのかもしれない。

巡《めぐり》は、目標を達成することができなかった。

けれど——わたしたちは、もう大丈夫。

隣同士、並んで未来を切り開いていくことができる。

手を取り合って、これから先に続く道を歩いていくことができる。

だから——これが。

今、わたしと彼がいるこの場所こそが——。

——ずっと、探していた『あした』だ。

「——最高のライブをするから」

回していた腕をほどき、わたしは彼に言う。

「これまでで一番のライブをするから……見守っててね」

「……ああ」

もう一度目元を拭い、彼はうなずいた。

「楽しみにしてる」

そう言って、わたしに笑いかける彼。

その表情は、さっきまでの嘘《うそ》くさい笑みと違って。

本気で楽しみにしてくれているのをはっきりと感じて——。

彼の前で、輝こうと決意する。

誰よりもまぶしく、わたしは、彼の網膜に焼き付きたいと思う。

＊

「――よし、時間でーす！」

「お願いします！」

「お願いしますー！」

ツアーの中盤。名古屋ライブ。

開演の瞬間がやってきた。

会場に鳴っている、わたしたちの入場SE。

バンドメンバーと円陣を組んで、気合いを入れる。

「よーし、名古屋は初めてですからね！　がんばりましょう！」

「おいす！」

「彼氏も来てるしねー」

「いいとこ見せないと」

「あはは、ほんとにね……」

うなずいて、わたしは皆に笑いかける。

そして、小さく息を吸うと、

「よし……行くぞ！」

「「「おう!!」」」

声を上げ、みんなで舞台へ向かった。

楽器隊が先に、照明の下へ出て行った。

客席から歓声が上がり、その音の中で各自演奏の準備を始める。

そしてわたしは――階段を上り、ステージの端へ立った。

そこで、ふと気付いて、

「……そうだ！」

足に手をかけると、両足のパンプスを脱いだ。

裸足《はだし》の足に伝わる、ステージの感触。

心許《こころもと》ないけれど、解放的な気分――。

――今のわたしなら。

巡《めぐり》が隣にいてくれるなら、わたしは裸足《はだし》でステージに立つことができる。

あるがままのわたしで、歌を歌える。

「……うん、行こう！」

そしてわたしは、一歩ずつ前に踏み出す。

光の差すステージの中央を目指す。

きっとそこは、わたしの居場所だ。
息をすることができる、わたし自身であれる世界の中心。
客席の目の届く位置に到達すると、割れんばかりの歓声が上がる。
視線を向ければ――見渡す限りの人、人、人。
その全員が、輝く目をわたしに向けていて、思わず笑みが零《こぼ》れた。

――さあ、歌おう。

ピアノの前に座り、わたしは大きく深呼吸する。
今日はただ、彼のために。
彼へのラブソングを歌おう――。
だって――そう考えながら、指を鍵盤に落とす。
Eメジャーセブンスのコードが艶《あで》やかに鳴る。
だってここが、わたしたちが、わたしと彼がたどり着いたゴールだ。

ドラムスが、華やかなシンバルとともに四つ打ちのビートを刻む。
絡《から》みつくようにうねり出すベース。
その上を、ギターとピアノで彩《いろど》ってから——わたしは歌い出した。
何度も繰り返し練習してきた、わたしの最新曲。
これまでで一番のお気に入りである、ダンスナンバーだ。
その歌詞は、彼とわたしのこれまでを描いたもの。
わたしの作品の中でも、一番明白な恋の歌——。

「——」

歌いながら、客席を見渡した。
光の当たる眩《まばゆ》いステージから見ると、観客たちは暗がりの中に沈んで見える。
それでも、時折向けられる照明の反射で、彼らの顔が浮かび上がる。
——笑顔。
——泣き顔。
——なぜか緊張気味の顔に、呆《ほう》けたような顔。
その中から、彼の顔を探した。
指を鍵盤に走らせ、喉を震わせ、額に汗しながら探す、わたしだけの星。

そして——見つけた。

関係者席の片隅、泣きながらわたしを見ている彼。

だから、わたしは思わず笑い出しながら。

照明の温度と身体《からだ》を動かす熱量に茹《ゆ》だりそうになりながら、強く願う。

——届け。

この歌よ、他の誰でもない彼に届け。

ビートで鼓動を共有したい。

和声で景色を共有したい。

そして、歌で気持ちを共有したい。

わたしと彼で、一つになりたい——。

そんな願いを込めて、わたしは歌い続けた。

この気持ち——彼に、届け！

エピローグ epilogue

【桜舞う】

「――送っていくよ、時間遅いし」

「いえ、いいです。駅から遠くないですから」

二斗《にと》のライブの終演後、新幹線で東京に戻り。

荻窪《おぎくぼ》まで帰ってきた俺と真琴《まこと》は――改札を出ながら、そんな話をしていた。

「それでも、さすがに危ないって」

時刻は既に、日付が変わる直前だ。

真っ暗なのもそうだし、街から人気《ひとけ》がなくなり始めてもいる。

中学生の女の子を、一人で歩かせるわけにはいかない。

「ほんと、お願いだから。真琴《まこと》のためだけじゃなくて、俺のためにも。頼む！」

考えてみれば、真琴《まこと》の家を訪ねたことはこれまで一度もなかった。

一度目の高校生活も今回も、真琴《まこと》は家を知られるのを拒否。

家族の話題だってほとんど出なかったし、兄弟がいるのかだって知らない。

……やっぱり、何か理由があるんだろうか。

家には問題があるような素振りを見せてたし、家族に触れられたくない理由が……。

あるいは、古めの家に住んでいて見られたくないとか、その程度のこと？

考えても、答えは出てくれそうにないけれど、

「……そうですか」

言って、彼女は短く息を吐く。

「なら……お願いします。話したいことも、ありますし」

「……おけ」

──話したいこと。

それはきっと、例の面接での件だろう。

俺を好き、と言っていたこと……。

研究会の始まる前に言っていた通り、ついにその話をするつもりなんだ──。

俺は小さく覚悟を決めると、「こっちですよ」と案内してくれる真琴《まこと》についていく。

＊

「──いい経験に、なりましたね」

駅から離れ、住宅街に向けて歩きながら。

言葉を選ぶように慎重な口調で、真琴《まこと》がそう切り出す。

「研究会、結果は残念なところもありましたけど……とても勉強になりました。死ぬまで忘れられない、思い出になると思います」

「……ああ、そうだな」

阿智村《あちむら》での日々を思い出し、俺もうなずいた。
「本当に、最高の五日間になったよ。ありがとな真琴《まこと》」
「こちらこそ、ありがとうございます」
はっきりと――手応えがあった。
俺の二度目の高校生活。それが、一度目と全く別のものになった感触。
二斗《にと》の隣は、まだ遠いのかもしれない。
彼女に似合う人間には、なれていないのかもしれない。
けれど、走っていける。
そこを目指して、俺は俺自身を駆動することができる。
それがわかったことに、とても満ち足りた感覚がある。
そして――二斗《にと》。
公演前に会った彼女――。
きっと、伝わったと思う。
俺の変化が。これまでの俺と、違う人間になったことが。
その証拠に、今日のライブ。
今まで、一度も見たことの演奏だった。
部室にいるときと変わらない。普段の彼女のままの演奏。

跳ねるような足取りと躍るショートヘアー。
フラッシュのように瞬《また》く笑顔と、無防備な裸足《はだし》の足――。
客席はそんな彼女の新しい魅力にどよめき、あっという間に夢中になったようだった。
――俺たちは変わった。
これまで、一度もたどり着けなかった領域に到達した。
なら、きっと……。
未来の二斗《にと》は、一度目の高校生活で失踪した彼女は、今度こそ――。
「――ここです」
「……ああ」
考えている俺に、真琴《まこと》が言う。
そちらに顔を向けると――一戸建てがあった。
比較的築年数の浅そうな、ごく普通の一戸建て。
なんとなく、古い家や奇抜な家を想像していたから、拍子抜けだった。
何だ、普通じゃないか。
むしろ、綺麗《きれい》な外観もあって裕福そうな印象……。
ただ――気付いた。
玄関の門、そこに据え付けられた表札。

記載された苗字《みようじ》は……「江川《えがわ》」。芥川《あくたがわ》じゃ、ない。

……何か、事情があるんだろうか。

わけあって、真琴《まこと》は自分の苗字《みようじ》とは違う表札の家で、暮らしているんだろうか。

気になったけれど、口には出せない。

そういう繊細な事情に、俺がどこまで首を突っ込んでいいのかわからない。

「先輩」

戸惑う俺の目の前に、真琴《まこと》が立つ。

彼女は——俺の不躾《ぶしつけ》な視線の数光年彼方《かなた》から、真《ま》っ直《す》ぐ俺を見返す。

そして、

「好きですよ、この間も言いましたけど」

混じりけのない、率直な口調で俺に言った。

面接の日、意図せず明かされたその言葉。

真琴《まこと》が、俺に向けてくれている感情——。

「……今、先輩」

ふっと、彼女が笑う。

「友達としてとか、人間として、って意味かなとか思ったでしょ？」

「あ、ああ……」

あまりにあっさり見透かされて、動揺に声が揺れた。

「そんなわけないでしょう」

優しく嘲《あざけ》るように。愛《いと》おしげに馬鹿にするように、真琴《まこと》が笑う。

「異性として好きってことですよ。恋愛感情があるってことです」

「そ、そっか……」

「先輩、わたしを信頼してくれるから」

目を細めて、思い出すような顔で真琴《まこと》は続ける。

「こんなわたしを心から信頼してくれて、大切にしてくれるから。好きになってしまいました」

——彼女の言葉が。

明け透けに向けられる感情が、脳を揺さぶる感覚がある。

恋愛感情。

まさか——真琴《まこと》が俺に向けるなんて、想像もしなかった気持ち。

ずっと隣にいたこの子が、相棒のような女の子が、俺に恋をしている。

それを、どう受け止めればいいのか、どんな風に取り扱えばいいのか——。

「……なんて顔してるんですか」

真琴《まこと》が、ふいに噴き出した。

「いやいやそれ、告白された人の顔じゃないでしょ。脅迫されてるみたいですよ、先輩」

「あ、ご、ごめん！」

慌ててそう言い、表情を緩めようとする。

「こういうの、慣れてなくて……」

「もー、ちょっとくらい、喜んでくれてもいいじゃないですか」

「そ、そうだけど、でも……」

俺は――その気持ちに応えられない。

真琴《まこと》の好意に、好意を返すことができない。

俺には、恋人がいる。

今も焦がれて仕方がない、どうしようもなく大切な人がいる。

「……安心してください」

俺の内心はわかっているんだろう。

なだめるような、苦しげな顔で真琴《まこと》は続ける。

「二斗《にと》先輩に勝てるとは思ってません。ただ、言いたかっただけなんです。今日、この場で」

「……そっか」

うなずいて、ふっと息を吐いた。

真琴《まこと》の叶《かな》わない気持ち。それでも、伝えたいと思う願い。

痛いほどに、理解できる気がした。

俺にも、好きな人がいるから。

叶《かな》わないとしても、その気持ちを捨てきれないのを知っているから。

だからせめて、

「……ありがとう」

散々悩んでから、俺は真琴《まこと》に言う。

「そんな風に言ってもらえて、光栄だよ。ありがとう」

「こっちこそ、聞いてくれてありがとうございます」

そして、真琴《まこと》はちょっと考える顔になってから、

「……きっと」

慎重な声色《こわいろ》で、そう切り出す。

「どんな風に出会っても、わたしは先輩を好きになったと思う。今回みたいに、友達のお兄さんとして出会っても。高校で、先輩後輩として出会っても」

「……そっか」

「だから、きっと先輩にとって一度目の出会いでも。最初の高校生活でも……」

言うと、真琴《まこと》は小さく笑い、視線を足下に落としたままで、

「わたしは、先輩のことを……」

……そうなんだろうか。

一度目の高校生活の真琴《まこと》。

彼女は、俺のことを——。


——瞬間。

真琴《まこと》が、大きく傾いたように見えた。

そのまま、彼女は俺の胸に顔を押し当て、背中に手を回す。

——抱きしめ、られている。

「え。真《ま》、琴《こと》……」

「……これくらいは、許してください」

胸に顔を埋《うず》めたまま、真琴《まこと》は言う。

「これで、最初で最後ですから。これくらいは……」

……最初で、最後。

真琴《まこと》は、二斗《にと》と戦おうという気もない。

だから、彼女にとって、これがその恋でできる、精一杯のこと──。

短く悩んでから、おずおずと真琴《まこと》の背中に手を回した。

華奢《きゃしゃ》な二斗《にと》に比べても、一回り細い身体《からだ》。

その感触も鼻をくすぐる匂いも、彼女とは全く別物で。

それでも──呼吸の度に上下する背中、手の平に感じる熱に真琴《まこと》の存在そのものを感じて。

わけのわからないプラスの感情が、胸に湧き出すのを感じる。

……これは、浮気《うわき》になるんだろうか。

二斗《にと》に対して、不誠実な気持ちになるんだろうか……。

「……あはは」

しばらくそうしてから、真琴《まこと》は身体《からだ》を離す。

「いけないこと、しちゃいましたね……」

「そう、なあ。あんまよくはないなあ……」

「ですよね。内緒にしましょう。二人だけの秘密ってことで」

「……わかった」

「安心してください。わたしも、誰にも言わないですから」

そう言って、真琴《まこと》は笑う。

かすかに楽しそうに、そしてそれ以上に、寂しい笑みだった。

きっと――これで終わるつもりなんだろう。

彼女は、彼女の恋を終わらせるつもり――。

――そんなことを考えていた。

真琴《まこと》の気持ちに思いを巡らせていた、そのときだった。


「――！　――！」


ふいに――家の中から、何か聞こえた気がした。

真琴《まこと》の家、江川《えがわ》家の中から聞こえた音。

――誰かの叫び声と。

――何か、ものが落ちるような音な気がした。

どう、したんだろう。なんだか不穏な予感が――、

「では先輩」

そんな俺を――真琴《まこと》が呼ぶ。

「色々、ありがとうございました」

さっきまでと打って変わって、酷《ひど》く落ち着いた声だった。

家の中から聞こえた音なんて、全く気にしていないような顔……。

「あ、ああ……こちらこそありがとう……」

そのことに不自然さを覚えながら、俺はぎくしゃくとうなずく。

そして真琴《まこと》は、もう一度俺に笑いかけると、

「じゃあ、ばいばい」

こちらに背を向け自宅へ帰っていく。

その背中が玄関のドアを開け、振り返って手を振るのを見送ってから――俺と真琴《まこと》は別れた。

――見上げると、長野よりはずっと少なくて狭い。

けれど、十分に綺麗《きれい》な星空が広がっていて――なぜだろう。

ふいに、宇宙でひとりぼっちになった気がした。

＊

――年明けの、天文同好会部室で。

俺は一人――ピアノの前に腰掛けていた。

三学期、始業式の直後。

生徒がほとんど帰宅した、清浄に静まりかえる校舎にて。

午前の冬の日差しが、部室を淡く滲《にじ》ませている。

空気は、指先がジンとするほどに冷たい。
息を吐くと白くけぶりそうで、俺はポケットの中のカイロで手の平を温める。
――星空の村天文研究会以来初めて。
小惑星を探したあの五日間以来、初めて未来に戻るところだった。
……どうなっているだろう。
あの日々を経て、未来はどう変わっているだろう。
時間移動を経て、沢山の変化を俺は生み出してきた。
五十嵐《いがらし》さんと二斗《にと》の関係。
六曜《ろくよう》先輩の将来。
そして――俺自身と、二斗《にと》の距離。
そのすべてが、一度目の高校生活とは大きく変わった。
二斗《にと》が背負うものも、感じることも、あのときとは全く別物になったはずだ――。
春からのことを思い出し、はっきりと――予感がある。
俺と二斗《にと》が、そばにいられる未来を手に入れた感覚。
もう彼女は、遠い存在なんかじゃない。
手の届かない天才でも理解できない芸術家でもない、一人の悩める女の子、二斗《にと》。
そんな風に――思うことができる。

だからきっと。今度こそ、俺たちなら――。
「……ふう」
息を吐き、鍵盤に手を置いた。
最初の頃には、まともに弾けなくて苦戦した二斗《にと》のメロディ。
それを今は、あっさり弾きこなすことができる。
気持ちを込めて、音を鳴らすことさえできる。
そして心地《ここち》好《よ》い旋律に心を委《ゆだ》ね、ワンコーラス弾き終わる。

瞬間――光が視界を覆った。
眩《まばゆ》い一瞬の閃光《せんこう》。

数秒後。網膜に焼き付いたそれが消えると――暗がりに浮かんでいた。
これまで何度も目にしてきた、果てのない真っ暗な空間。
重力を全く感じない。暑さも寒さもない。すべてがゼロの感覚。
見れば、身体《からだ》の周囲をいくつかの光が回っている。
公転する惑星たちのような、速度も大きさも違う眩《まばゆ》い灯《あか》り。
灯《あか》りたちは徐々にその回転速度を上げて、光が渦になり、視界が覆い尽くされる。

そして――、

「――お帰りなさい」

――聴き慣れた声がした。

「未来《あした》にようこそ、巡《めぐり》」

「……」

目を開けると、ずいぶんと賑《にぎ》やかな天文同好会部室の景色が目に入る。
買い足された望遠鏡や、天体観測の道具。
自動導入できる赤道儀《せきどうぎ》まであって、活動が本格的なのがうかがえる。
壁には、沢山の天体写真が貼られていた。
天体観測中に収められたらしい、惑星や星雲やその他天体の写真たち――。
そして――二斗《にと》。
ショートヘアー、身に纏《まと》っているシンプルな私服。
見慣れた姿よりも、少し伸びて見える身長。

瞳には無数の星が煌《きら》めき、滑らかな頬と薄い唇には泣きそうな笑みが浮かんでいる。

——未来。

俺が星空の村天文研究会に参加したその先の未来。
二斗《にと》が、そこにいる——、

「——二斗《にと》!!」

——駆け寄って、彼女を抱きしめた。
腕の中に収まる、彼女の体温。
呼吸し、鼓動が脈打つ生きている身体《からだ》。
「二斗《にと》……二斗《にと》!」
涙が、両の目からボロボロと零《こぼ》れ出た。
うれしさと安心で、感情が止めどなくあふれ出す。
——できた。
俺は——二斗《にと》が失踪しない未来にたどり着くことができた。

「……ありがとう」

そんな俺を抱きしめ返し、二斗《にと》は言う。

「全部巡《めぐり》のおかげだよ。ありがとう……」

そして、一度身体《からだ》を離すと、短く唇同士を触れさせて——こう言った。


「大好き」


——嗚咽《おえつ》を止められなかった。

声を上げて、泣いてしまった。

情けないけれど、抑えられない。

今まで、どうしようもなく苦しかったこと。

二斗《にと》を助けられるのかという不安、実際にいなくなったときの絶望感。

彼女に追いつきたくて走る苦しみと、不条理を知った悲しみ。

そのすべてが——報われた。

世界が、俺に応えてくれた。

喜びだとか安堵《あんど》だとか苦しさだとか寂しさだとか、すべての感情が声になる。

涙になって頰を伝って、二斗《にと》の肩に落ちていく。

そんな俺を、二斗《にと》はいつくしむように、いつまでもいつまでも抱きしめてくれていた。

＊

「──そっか、俺は大学で、天文学を」

「うん、そうなの」

ようやく少し落ち着いて、二斗《にと》からこの未来の話を聞く。

「萌寧《もね》とも友達のままだし、六曜《ろくよう》先輩とも仲良しだよ。音楽も、上手《うま》くいってて……」

言うと、二斗《にと》は穏やかに笑い、

「……もうすぐ、海外ツアーにも行く予定なの。ネットを通じて、国外にも沢山聴いてくれる人がいるから」

「……なるほど、相変わらずすごいな」

言いながら、俺は小さく笑ってしまう。

一年生の時点で、カリスマ性を存分に放っていた二斗《にと》。

けれど今の彼女は、その存在感は──さらにその先にいる。

一人の成熟した女性であり、そのうちに圧倒的な実力を兼ね備えた存在。

少し前の俺だったら、そのオーラに戦《おのの》いていただろう。

そばにいることさえ、難しかったかもしれない。

けれど、今はもう、こうして隣にいることができる。

そんな未来を、俺も歩いていくことができる。

「……そう言えば、真琴《まこと》は？」

ふと気付いて、俺はその名前を出した。

「あいつ、同好会の部長になってるだろ？　今も元気にしてるのか？」

いつも、時間移動のあとには俺を待っていてくれた真琴《まこと》。

この部室で、新たな時間軸で起きたことを話してくれた真琴《まこと》。

彼女は——どうしているのか。

星空の村天文研究会を経て、彼女も純粋に星を好きになってくれた。

それ以前の時間軸でだって、あいつはこの同好会を部長として守ってくれていたわけで。この未来では……一端《いっぱし》の天文愛好家にだって、なっているかもしれない。

そんな期待を込めて、俺は尋ねたつもりだったのに——、

「……っ！」

——歪《ゆが》んだ。

俺が彼女の名前を口に出すと——二斗《にと》の顔が歪《ゆが》んだ。

酷《ひど》く苦しげな、自分を責めるような。

これまで、一度も見たことのない表情――。

そして、彼女は――、

「巡《めぐり》、ごめんなさい」

震える声で、真っ青な顔で言う。

「本当にごめんなさい」

「……どうしたんだよ」

その表情に、ただ事ではないのを肌で感じ取る。

いくつもの修羅場を越えてきた二斗《にと》。

自らの手で未来を切り開ける二斗《にと》。

そんな彼女が――唇をわななかせている。

顔面を蒼白《そうはく》にし、目元に涙を溜《た》めている――。

「何か、あったのかよ……」

底なしの『悪い予感』に、背筋に痺《しび》れが走る。

「あいつに、何が……」

「……あのね」

今にも詰まりそうな声で、二斗《にと》は前置きする。

そして――、

「卒業式の少し前に――失踪したの」

――思考が、吹き飛んだ
失踪――。

卒業式の、少し前――。

二斗《にと》ではなく――真琴《まこと》が。

「捜査の結果、自宅の車がなくなっているのがわかって……」

二斗《にと》が、言葉を続ける。

失踪、だけで話が終わらないことに、俺は耳を塞ぎたくなる。

それでも、

「おととい、見つかったの。車……」

二斗《にと》が、続ける。

涙をボロボロ零《こぼ》し、俺に告げる。

「……湖、の底に、あったって……」

言うと――二斗《にと》は両手で顔を覆う。

そして――、

「水没した状態で、車が見つかったって――」

あとがき

改めて振り返って。この『あした、裸足《はだし》でこい。』4巻は、自分の中でもちょっと特別な、チャレンジもある巻だったなと思います。

ついに坂本《さかもと》自身が自分の生き方に向き合う。新たな小惑星を探す。

外側だけを見れば、シリーズ後半にふさわしいイベントが目白押しです。

自分でも、書いていてとても楽しかった。

けれど多分、僕がこの巻で一番描《えが》きたかったのは、二斗《にと》と坂本《さかもと》の関係の変化だったんだろうなと思います。

持っている能力ゆえに、孤独に戦っていた二斗《にと》。

凡人である坂本《さかもと》が、本当の意味でその隣に立つまでが、この4巻のテーマだったかなと。

内容について多くは触れませんが、そこを描《えが》きつつ皆さんにも楽しんでもらえそうな話にする、というのが、今回僕にとって大きな挑戦だったように思う。

どうでしたかね？　楽しんでもらえたかな、伝わったかな。

挑戦の結果やいかに……。

僕自身としては、このうえなく良《い》い形で描けたんじゃないかと自負しています。

そうそう、今回執筆中にキャラが勝手に動きまくったのもうれしかったですね。

もちろん、原稿作業前にプロットは立てますし、大枠でストーリーは決めています。ただこの4巻では坂本《さかもと》も二斗《にと》も真琴《まこと》も、ゲストキャラの七森《ななもり》さえも、いきなりプロットと違う形で感情を発露させまくってきたんだよな。

笑ったり怒ったりバチバチしたり。

こういうの、予想外でびっくりしますし本当に楽しいんです。

特に大きかったのは真琴《まこと》ですね。

読んでくれた方は分かると思いますが、面接シーン。

あそこ、あんな風にするつもり全然なかったんです。もっと普通に色々匂わせる程度のつもりだったのに、真琴《まこと》が勝手に超ストレートに言ってしまった。ああいうの、小説家冥利《みょうり》に尽きる瞬間です。

ということで、『あした、裸足《はだし》でこい。4』でした！　読んでくれてありがとう！

そして次巻、ついに最終巻です。『あした、裸足《はだし》でこい。5』。シリーズ開始当初、想定していた通りに最後まで書き切れました。

坂本《さかもと》がどんな未来を掴《つか》み取《と》るのか、どんな結末を迎えるのか。最高のエンディングを用意するので、どうぞお楽しみに！

岬《みさき》鷺宮《さぎのみや》

『あした、裸足でこい。』
次巻完結
巡と二斗が辿り着く
〃あした〃は——

最終5巻、
2024年春発売予定。

◉岬 鷺宮著作リスト

「失恋探偵ももせ1〜3」（電撃文庫）
「大正空想魔術夜話 墜落乙女ジェノサヰド」（同）
「魔導書作家になろう！1〜3」（同）
「読者《ぼく》と主人公《かのじょ》と二人のこれから」（同）
「陰キャになりたい陽乃森さん Step1〜2」（同）
「三角の距離は限りないゼロ1〜9」（同）
「日和ちゃんのお願いは絶対1〜5」（同）
「空の青さを知る人よ Alternative Melodies」（同）
「恋は夜空をわたって1〜2」（同）
「あした、裸足でこい。1〜4」（同）
「失恋探偵の調査ノート〜放課後の探偵と迷える見習い助手〜」（メディアワークス文庫）
「放送中です！にしおぎ街角ラジオ」（同）
「踊り場姫コンチェルト」（同）
「僕らが明日に踏み出す方法」（同）

本書に対するご意見、ご感想をお寄せください。

ファンレターあて先
〒 102-8177　東京都千代田区富士見 2-13-3
電撃文庫編集部
「岬　鷺宮先生」係
「Hiten先生」係

本書は書き下ろしです。

電撃文庫

あした、裸足《はだし》でこい。4

岬《みさき》 鷺宮《さぎのみや》

2023年12月10日　初版発行

発行者　山下直久
発行　株式会社KADOKAWA
〒102-8177　東京都千代田区富士見2-13-3
0570-002-301（ナビダイヤル）
装丁者　荻窪裕司（META＋MANIERA）
印刷　株式会社暁印刷
製本　株式会社暁印刷

ISBN978-4-04-915349-1　C0193　Printed in Japan

電撃文庫　https://dengekibunko.jp/